郭小寒 著

Call to life

中信出版集团 | 北京

图书在版编目（CIP）数据

生而摇滚 / 郭小寒著 . -- 北京 : 中信出版社，
2020.9
ISBN 978-7-5217-2159-1

Ⅰ . ①生… Ⅱ . ①郭… Ⅲ . ①访问记—作品集—中国
—当代 Ⅳ . ① I253

中国版本图书馆 CIP 数据核字 (2020) 第 157862 号

生而摇滚

著　　者：郭小寒
出版发行：中信出版集团股份有限公司
（北京市朝阳区惠新东街甲 4 号富盛大厦 2 座 邮编 100029）
承 印 者：北京利丰雅高长城印刷有限公司

开　　本：660mm × 970mm　1/16　　印　　张：17.5　　字　　数：110 千字
版　　次：2020 年 9 月第 1 版　　印　　次：2020 年 9 月第 1 次印刷
书　　号：ISBN 978-7-5217-2159-1
定　　价：78.00 元

朋友，我希望她独特的作品能被更多人看到。
小寒文字的陪伴，谢谢小寒，愿一切继续
发现，串联起世界的不是英语，而是摇滚
对沿途风光充满善意，并浪漫地深入到这
一部分，或者说，让这些风景成了她音乐
音乐人生活逸事生动有趣的讲述剖析，带给
我们看到每一个乐队所代表、传达的独特
人。不禁感叹，不像是他们选择了摇滚乐，
的都市游魂来说，生活本身早已别无选择，
sick Cars：曾经拥有过“我们的时代”
一起看那些让人亢奋的过去和等着被定义
的啤酒、冬天的快乐、秋天的失落和春天
场盛大而快速的梦。/**李红旗@海龟先生：**
间随意往来并被引为“自己人”。对于书中
是一个观察者适当的距离。/**夏颖@马赛克：**
是叫作《生而摇滚》的地球书籍，那是坐
把这些数据存下来。

目 录

· 书中未标示图源的照片均由乐队相关经纪公司提供，在此表示感谢。

自序

我还依稀记得，2012 年到来时内心隐隐的恐慌。按照玛雅人的神秘预言，2012 年是世界末日。早在 2009 年就有一部史诗级的灾难大片《2012》，向大家宣告了 2012 年是世界末日的寓言。2012 年 1 月，我最喜欢的“地球上最后一位音乐诗人”莱昂纳德·科恩（Leonard Cohen）发行了他的一张全新专辑 *Old Ideas*（《老主意》），以自己和自己交谈的方式回顾了他的一生。

那一年，对于我这样的“80 后”来说，正式进入三十而立的阶段，不得不告别青春期，步入成人世界。生活给我们的成人礼则是，同在这个寒冷的 1 月，我们最喜欢的一个精神聚集地——位于五道口的 D–22 俱乐部正式宣告倒闭。

D–22 为自己的倒闭举行了盛大的摇滚演出派对，当大家都在疯狂 pogo[1]，把汗水和泪水洒向舞台的时候，D–22 的老板迈克尔·佩蒂斯（Michael Pettis）举起一个牌子大声喊：“我们倒闭了！”以这种方式，一代人的青春戛然而止。

在这之前，我一直是一个音乐记者、一个摇滚乐迷，一边梳理中国乐队的历史，一边听打口唱片，看一场又一场的现场演出。

1　指在摇滚乐现场，随着音乐节奏身体跳跃、摇摆、冲撞。

20 世纪 80 年代，崔健横空出世；90 年代初，唱片工业蓬勃发展，催生了以黑豹、唐朝和魔岩三杰为代表的主流摇滚乐；90 年代到 21 世纪初，新一代北漂乐队在迷笛音乐学校、树村、霍营以及各个酒吧活跃着。到了五道口的朋克（Punk）[1] 时代，从嚎叫俱乐部、“无聊军队”到以麦田守望者、新裤子、地下婴儿为代表的“北京新声”横空出世，然后是 Carsick Cars、Snapline、后海大鲨鱼、刺猬、嘎调等“北京超新声”崭露头角。2008 年以后，中国摇滚音乐节遍地开花，乐队巡演成为常规，商业化的大潮即将到来……中国摇滚风云变幻，一代人随着旧时代的谢幕而远去，又一代人则伴着新时代的脚步走到台前，周而复始。用了将近四十年时间，摇滚乐在中国，从少年走向了成年。

2012 年，像我这样的“80 后”也从少年变成了成年人，我们跟自己的青春作别。作为一个成年人，一旦关上那扇门，就不得不去做一些成年人该做的事情。

在结束了 D–22“青春公共王国”的派对之后，作为一名演出经纪人，我开始和民谣音乐人走上了“走江湖”的演出岁月。我带着周云蓬、万晓利、小河、野孩子等音乐人，辗转于北京、香港、台湾、上海等地，去参加一场又一场的艺术节与音乐会。在这些与民谣同行的日子里，我积累了一整套独立音乐经营运作的经验，也为日后更投入地做音乐行业的专业工作，打开了一扇大门。

在去巡演的火车上，我经常戴着耳机听音乐，最常听的一首是嘎调的《火车》：“太多等候把你带走，并放逐在无尽的爱里；太多忙碌把你挽救，并安放在平凡的爱里。”

1 朋克，诞生于 20 世纪 70 年代中期，属于最原始的摇滚音乐——由一个简单悦耳的主旋律和三个和弦组成，在年轻人中十分流行。

人生最爱的那些东西，可能还是被封存在2012年的末世预言里了。接下来有几年，我喜欢的乐队全都没什么新作品，而我个人在雄心勃勃的繁忙的互联网创业中，迷失了自我，也感受不到心动，只是越来越疲惫。那段日子，我仿佛被劫持到了外太空。

2018年，我辞去了所有的工作，恢复单身，重新开始写作，这让我感觉仿佛重返地球。而此时，世界也在慢慢发生变化，宇宙仿佛出现了一个虫洞，时间又穿梭了回去。

2019年愚人节那天，Joyside宣布重组。这个消息让很多朋友热泪盈眶，曾经一同在五道口和鼓楼挥霍青春的朋友们都说："大家都在往回寻找十年前的记忆和热血，仿佛又要重新燃起生活的希望。"

2009年Joyside解散后，刘昊和经纪人刘非在五道营的胡同里开了School酒吧。从Joyside、赌鬼、后海大鲨鱼，到埃莉诺、白噪音、丢茉卡等，在School里"长"出了一拨又一拨的北京新乐队。而那些从外地来北京发展的乐队，比如万能青年旅店、海龟先生、糖果怪兽以及盘尼西林等，也从这里开始，逐渐融入所谓的圈子和集体。将近十年，有多少人在这里找到归宿又流离失所，喝过吐过，爱过伤过，这里承载着他们多少爱恨情仇。除了少部分人选择继续留在鼓楼灯火通明的酒精夜色里，大部分人告别过去的自己，成为有房贷和车贷的社会人，养育孩子，考虑升职……但十年后，Joyside回来了，这让大家感觉他们之前只是在鼓楼大街往交道口转了个弯儿，而现在又碰面了。

2019年的夏天，我们看到了《乐队的夏天》，一定意义上，摇滚乐也是用另外一种方式展现在了更大的舞台上。

那个夏天，我们隔着手机屏幕，和痛仰、反光镜、新裤子、刺猬这些曾经陪伴了我们整个青春期的乐队，一起哭一起笑，仿佛过往的岁月又都回来了。刺猬乐队在“理想世界”那个单元，唱了《24 小时摇滚聚会》，这首歌讲述的正是 D–22 俱乐部那一段闪闪发光的青春日子……摇滚乐似乎又回来了，而且正值壮年。

那个夏天，我突然意识到，也许人生往前运转的轨迹不是单向的，而是如莫比乌斯环，当中国摇滚乐裹挟着与它一起成长的乐迷毫无察觉地走到了 2019 年，又好像不知不觉地回到十年前的那一面：在五道口与鼓楼的平行世界里，有着无数乐队和年轻人在努力燃烧自己，释放能量。这些故事得以复苏并放大，在这个越发虚拟化的世界里，散发出一些旧世界的黑暗、爱与痛苦。

“很多事情是过了好多年以后，你才知道意义何在。”P.K.14 的主唱杨海崧说。

2020 年，我们经历了一个漫长的冬天，因为疫情的关系，我们长时间待在家里，不能去摇滚乐现场，不能与朋友聚会。待在家里的时候，最想念的还是那些音乐节上的难忘瞬间，那些在 live house（音乐现场空间）挥洒热情、汗水与啤酒泡沫的难忘夜晚，那些午夜穿过的大街小巷，那里流淌着我们曾经燃烧过的青春、热血和梦想……

于是，我拿起了笔，去记忆深处回溯那些曾经被摇滚乐点亮的时光。我们曾经喜欢过的乐队，他们的成长、记忆、作品，与个人的粘连，与时代的交织，都已经重叠在一起，形成一块坚硬的东西，生长于我们的体内，影响和塑造着我们的品格。

正如迷笛音乐学校校长张帆所说：“摇滚乐就是不甘平庸的觉醒、直面人生的力量，以及主动改变生活的勇气。”在人生漫长的时间里，摇滚乐依然带给我们力量、启迪和陪伴。

2020年春天，我收到《乐队的夏天》节目组邀请，作为“专业乐迷”录制节目。坐在演播厅“二楼”的位置，以特殊的形式，我观看了所有喜欢的乐队演出。曾经喜欢的那些乐队，Joyside、Carsick Cars、后海大鲨鱼，就像好久不见的老朋友一样，在舞台上心照不宣地彼此映照。

在这半年多的时间里，我尽量客观、翔实地写下13支摇滚乐队的故事。事实上，也可以说是用我的前半生写下的，因为每一次下笔的冲动都暗藏在过去被摇滚乐影响和改变的生活里。这13支乐队，他们有着完全不同的音乐风格和审美趣味，中国摇滚乐的发展样态，就在这一个个乐队里一点点呈现出来。在这些故事里，能看到他们的闪耀与传奇，洒脱与执着；也会看到那些痛苦与挣扎，退缩与犹疑。而正是这样矛盾与复杂的交融，才显出他们的生动和可爱，以及摇滚的真实与赤诚。他们是生而摇滚的人，反过来亦成立——摇滚就是他们的生活，他们的生命。

一个少年和一个成年人的区别大概也是摇滚乐的标识。少年是以付出、叛逆、牺牲作为价值来和这个世界打交道的，而成年人却忙着得到、占有和索取。像我一样的“80后”少年们终于还是变成了成年人，在我们跟自己的青春作别的同时，也有属于我们的音乐去记录这一刻的转变。作为前文化记者、乐评人、重度摇滚乐迷的我，则选择用文字去记录摇滚如何改变了这样一群人，又如何改变了世界。

新裤子

不断叛逆在潮流之前，
提前离去在成名之后

夏天侧记

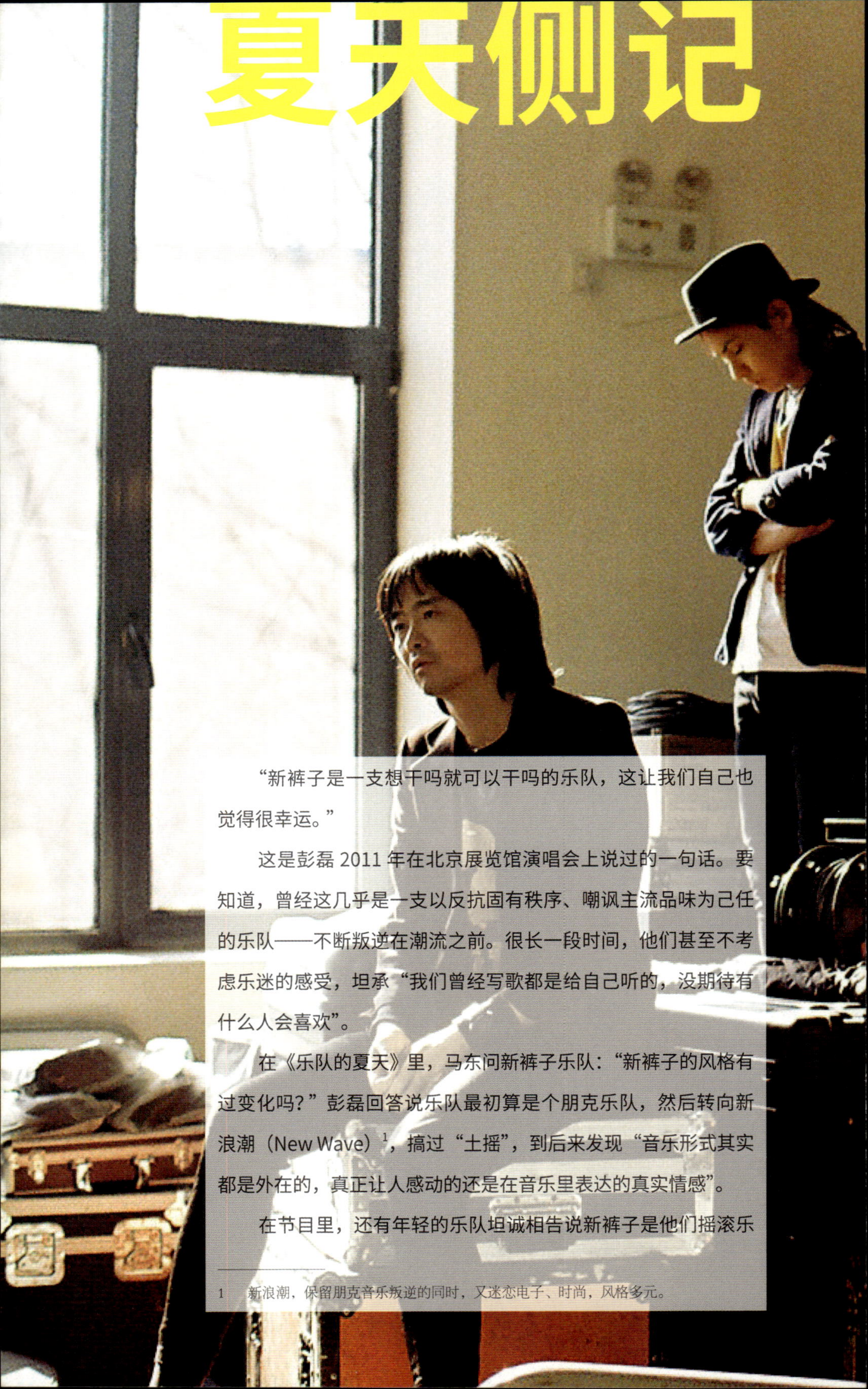

“新裤子是一支想干吗就可以干吗的乐队，这让我们自己也觉得很幸运。”

这是彭磊 2011 年在北京展览馆演唱会上说过的一句话。要知道，曾经这几乎是一支以反抗固有秩序、嘲讽主流品味为己任的乐队——不断叛逆在潮流之前。很长一段时间，他们甚至不考虑乐迷的感受，坦承“我们曾经写歌都是给自己听的，没期待有什么人会喜欢”。

在《乐队的夏天》里，马东问新裤子乐队：“新裤子的风格有过变化吗？”彭磊回答说乐队最初算是个朋克乐队，然后转向新浪潮（New Wave）[1]，搞过“土摇”，到后来发现“音乐形式其实都是外在的，真正让人感动的还是在音乐里表达的真实情感”。

在节目里，还有年轻的乐队坦诚相告说新裤子是他们摇滚乐

1　新浪潮，保留朋克音乐叛逆的同时，又迷恋电子、时尚，风格多元。

的启蒙，为他们打开了音乐世界的大门。因为在中国摇滚乐的历史上，没有多少乐队能像新裤子一样始终创造着自己的潮流与风格，一直在变化和发声，他们始终走在一条与周围逆向的道路上，且不仅仅限于音乐审美。

对于所有与新裤子一起长大的歌迷来说，新裤子的时代一直在继续；而对于每一代年轻人来说，新裤子始终是一个崭新的乐队。无论是对音乐的掌控、对时尚的理解和对潮流的引领，乃至对生活的态度，新裤子不断颠覆主流、违逆大众，但也正是这种脱胎于朋克精神的反叛，成为他们逆流而上的动力，也成为一把打开了一代人年少时光中快乐和悲伤故事的钥匙。

1

“我们的时代”早已到来，但他们不断叛逆，又提前离去

新裤子乐队最早是一支以“金属车间的形体师傅”命名的朋克乐队，由彭磊、尚笑、刘葆三名北京工艺美术学校的学生组成。

“金属车间的形体师傅”这个名字是彭磊的朋友庞宽从书里看来的。名字特别难记，容易让人误以为是金属乐队，“后来觉得特别傻，就不用了”。

1997 年，彭磊和尚笑、刘葆在距离工艺美校三个路口之外的北京服装学院防空洞里排练了几天后，就去找师兄沈黎晖录歌了，他们给自己改了个通俗易懂的名字“新裤子”。这首《我们的时代》就被收录在 1998 年发行的《摩登天空 1》合辑里，作为打头阵的 A 面第一首歌。这张专辑的封面设计师正是庞宽，“This’s our times”（这是我们的时代）作为歌词印上了《摩登天空 1》的封面，不经意间开启了与摩登天空和“北京新声”[1] 的故事。

那时，乐评人就在大张旗鼓地宣布新裤子、清醒、花儿、麦田守望者的出现，标志着摇滚乐的新时代已经到来。而新裤子却一直有意无意地回避“属于他们的时代”。

上中学时，男孩子都喜欢踢足球。可是当体育课上别的小孩都在绿茵场挥汗如雨时，彭磊会一个人安静地待在单杠上，“从

1 “北京新声”第一次被提出，是在 1997 年发行的清醒乐队首张专辑的宣传 CD 里。当时，以新裤子、麦田守望者、清醒、超级市场为代表的新乐队频繁发声。

来没踢过”。

高一的时候，彭磊接触到摇滚乐。当时唐朝乐队发行的磁带太火了，彭磊拉着朋友们一起练习重金属。但是他的队友们技术都太弱了，根本驾驭不了重金属。有一段时间他们特别迷茫，当时很多人开始喜欢涅槃（Nirvana），就是主歌一直用低音唱，到副歌忽然翻八度开始大声嘶吼的那种音乐风格。当时许巍、汪峰都开始尝试这种风格，并且火了，电视节目里也有特别多人这么唱，变成了一种套路。

但彭磊他们当年就不是特别喜欢涅槃，觉得这样唱有点儿傻。而许巍、汪峰的歌都太苦了，根本不是他们生活里所喜欢的东西。

直到有一天，彭磊误打误撞买了一盘雷蒙斯（Ramones）[1]的磁带——和弦简单，劲儿又很足，大家一致认为“这才是我们想做的音乐”。这之后，新裤子乐队就转向了朋克。

后来彭磊回忆彼时的经历：“我们当时什么都没见过，看什么都觉得新鲜，但紧随而来的又是厌倦。”作为几个荷尔蒙正浓、嗅觉又敏锐的年轻人，新裤子并不沉溺于某一种类型音乐，他们对新鲜时髦的音乐时刻保持着强烈的兴趣，也从未想要主动融入哪一个圈子。

20 世纪 90 年代末，朋克是北京地下音乐的潮流。每到周末演出，在五道口的开心乐园酒吧和嚎叫俱乐部的门口就会盘踞着无数的“鸡冠头”，彭磊站在他们中间，就像一个呆头呆脑的大学生。

2000年新裤子录制了第二张专辑*Disco Girl*（《迪斯科女孩》），

1　雷蒙斯，美国乐队，朋克三和弦理论的创始者。

庞宽以机器人的身份，带着合成器正式加入了乐队。虽然还是朋克的底子，却多了些都市的纸醉金迷和年轻人的享乐主义。

在《流行一代》里，大舌头的彭磊第一句就唱道："我们都已改变，可理想还没实现。"朋克男孩们开始了音乐上的第一次主动背叛，而关于"改变"的争议贯穿了新裤子发展的每一个节点。

到了 2006 年，新裤子乐队的《龙虎人丹》彻底变成了新浪潮和合成器流行风格。结合经典国货、港式迪斯科舞厅、社会主义初期的复古设计、国产武术等美学符号，他们掀起了不小的经典复古时髦的潮流。新裤子极尽夸张的视觉造型和舞台呈现引起了不小的狂欢，但也导致了乐队创始成员刘葆的离开，随后他加入了老牌朋克乐队蜜三刀。

彭磊曾经形容自己有"反大众人格"，觉得别人喜欢的都是破玩意儿，他讨厌媒体、讨厌宣传，演出时看到人很多也会觉得烦躁。这种"反叛"也许就是他们每一次做出放弃和重新选择的根本原因。

2012 年，拜合成器和复古迪斯科所赐，新裤子与 20 世纪 80 年代的"迪斯科女王"张蔷"合体"了。然而现场音乐的主要受众——"90 后"观众对这样的跨时空组合毫无接受准备，只是觉得时髦又有距离感。在一场草莓音乐节上，当上一个乐队演完，新裤子上场后再次用合成器制造出冰冷迷幻的音浪时，底下的观众几乎都走了。

他们开始反思是不是走得离观众太远了，也希望被更多人了解和喜欢，更何况他们也逐渐长大变老，要养家糊口，有了成年人的压力。几年之后，他们开始回归三大件[1]的摇滚乐，从《没有理想的人不伤心》之后，他们宣布走进“黑暗时代”，重新穿上皮夹克。

2

不停跨界，形成自己的立体美学体系，却找不到出路

曾经有乐评人形容新裤子为中国年轻人带来的“不是摇滚乐的愤怒，更多的是一种潇洒、一种态度”。

在外界的印象里，彭磊是个衣食无忧的北京大男孩儿，多年来在音乐之外，还一直摆弄着自己感兴趣的东西：制作黏土动画，拍摄独具一格的电影和 MV（音乐短片），收集铁皮玩具，以及进行绘画的创作。他像是没长大的孩子、没玩儿够的孩子。

但实际上，他只是懒得诉苦。2010 年，彭磊把自己卖不出去的画集合成册，做了一本小书《北海怪兽》，它更像是关于新裤子的一部传记。在这本书里，彭磊以漫画的形式第一次讲述了自己的成长故事，那些看似潇洒玩乐无所谓的态度背后，隐藏着生活的很多无奈和心酸。

彭磊生在北京的一个普通家庭里。父亲做美术编辑，也画儿童漫画，母亲是普通工人，小时候家里并不富裕。小时候的彭磊手指就特别长，有人建议他去学钢琴，但一家人住在九平方米的杂院平房里面，根本塞不下钢琴。彭磊受父亲的影响，从小去少

1　指吉他、贝斯、鼓。

年宫学画，之后上了当时的中专“北京工艺美术学校”。如果没有做乐队，以及被同门师兄沈黎晖发现挖掘，他大概已经成了画脸盆、痰盂的工人。

虽然做了乐队，彭磊也一直没放弃画画和动画。从北京电影学院毕业后，他和朋友搬到村子里，闷头搞黏土动画，自己制作，自己导演，做动画 MV。2000 年，新裤子乐队《我爱你》的黏土动画 MV 获得了“Channel V 音乐风云榜”最佳音乐录影带奖；2002 年，彭磊又用铁皮玩具制作了延时动画《我们是自动的》。这都在音乐之外，给摇滚乐迷们带来了新奇的视觉体验。

除此之外，彭磊还是备受“90 后”喜爱的动画片《可可心一家人》的美术总监，他甚至作为 MV 导演拍摄过《QQ 爱》的 MV。对此他曾在《北海怪兽》里自嘲地写道：“我想我已经成为一个导演了，但跟我好的女演员，过不了多久就会识破我的‘导演’身份。你怎么不早告诉我你是个动画片导演？！”

摄影 ©7 仔

2005 年之后，彭磊创作的影像素材更多来自现实，他把导演的名号置于新裤子乐队主唱之后，并执导了《北海怪兽》《熊猫奶糖》《乐队》等大小电影。《乐队》讲的是新一代摇滚青年的现实状况，也正是因为这部电影，彭磊获得了上海电影节亚洲新人奖最佳导演。

但这些经历，除了立体地展示了他们的美学体系和创造力外，并没有从实际上改变他们的生活境遇。

3

浪潮是什么？
不会抵达的未来和早已消失的过去

彭磊还喜欢收集和制造玩具。他在《北海怪兽》里写道："幼儿园是一个公平的世界，只要装得很乖，就会有铁皮玩具玩儿。那时候铁皮玩具很贵，我待的幼儿园里没有几件。轮到我手里的，早就被大家玩成破烂儿了。那时候家里基本没有玩具。总希望大人能给我买一个铁皮玩具，但他们说，吃饭还不够呢，买什么玩具。"

可能是因为小时候没有被满足而留下遗憾，可能仅仅是因为那个幼儿园的孩子只能隔着橱窗去渴望心爱的铁皮玩具，成年后的彭磊开始近乎痴迷地购买玩具。

"我们经常去一些已经倒闭的玩具工厂，买一些属于 20 世纪七八十年代的铁皮玩具。"最后彭磊的玩具实在太多，家里都堆不下了，就和朋友在钱粮胡同开了一家名叫"发条怪兽"的玩具店，展示并兜售自己的铁皮玩具。开店的结果是，铁皮玩具后来被市场炒得很火，彭磊又买不起了，于是他们的店很快就倒闭了。

也许，彭磊内心所追逐向往的是那些我们以为不会到来的未来，以及追忆那些我们认为不会消失但最终消失的东西。

彭磊说他喜欢《星球大战》，一直相信外星人会到来，他希望小时候宣传画里的“四个现代化”可以实现，世界上到处都是厚铁皮的机器人。然而当未来到来的时候，计算机和互联网的虚拟世界、数据、流量成了高科技的代名词，他幻想的那个铁皮机器人世界还在20世纪80年代的动画片里。

同样类似的经历和情感在庞宽身上也发生着。从新裤子成立之初，彭磊与庞宽就有着深刻的交集。庞宽在新裤子乐队中起到了至关重要的作用，也是新裤子逐渐走向迪斯科和新浪潮风格的关键人物。

庞宽和彭磊一样，心中或多或少都住着个文艺青年。但不同于彭磊的艺术形式，他更夸张、冷峻和神秘。

庞宽在新裤子发行第二张专辑 *Disco Girl* 时，以机器人的身份加入了乐队。对他来说，机器人是人类幻想的延伸，无论技术怎样进步，似乎都永远无法满足制造者的欲望。庞宽也动手制造机器人。在与张蔷合作的时期，他创造了第一个方头机器人“手扶拖拉机斯基”。此后他制造了属于自己这一代人的机器人“两室一厅”，他说这个机器人有时就代表着“无助的现实”。

庞宽还喜欢电脑与合成器，喜欢70年代的那些电子乐，新秩序乐队（New Order）、发电站乐队（Kraftwerk）[1] 都影响过他。他演出用的合成器也全都是70年代的，上面甚至有布赖恩·伊

1 新秩序乐队，1980年成立于英国，曲风融合后朋克和电子舞曲；发电站乐队，是德国的前卫音乐团体，风格以电子乐为主。

诺（Brian Eno）[1]的亲笔签名。这代表他们有着同样的音乐概念，代表同一种审美体系和选择。

2006 年《龙虎人丹》时期，彭磊和庞宽穿着象征 80 年代的梅花牌运动服，脚踩回力鞋，引发了经典国货的潮流。庞宽在南锣鼓巷开了一家复古小店，店名就叫“BYE BYE DISCO”（再见，迪斯科）。

就像他们音乐里歌唱的龙虎人丹、大栅栏的洗头妹、灯光混乱人声嘈杂的舞厅，这些已经进入历史垃圾堆的破烂儿，他们宝贝似的拾掇起来，在上面涂抹上青春的印记，感慨年华已逝，美

---

1 布赖恩·伊诺，英国歌手，曾任大卫·鲍伊和 U2 的唱片制作人，“环境音乐”的创始人。

好单纯的东西离我们已越来越远。

在一次采访中，记者问他们为什么喜欢这些复古的物什，彭磊只给出一个简单的回答："觉得 80 年代的东西挺吸引人的。"这个回答还有后半句，"但后来慢慢地，这么多人都在干这个事儿，就觉得没什么意思了。"

每当新裤子开创一种风格潮流的时候，他们总是兴奋并且充满干劲儿。但当努力转化为更多的认同和追逐时，再看到别人一窝蜂地跟上来后，他们反而变得沮丧起来。在新裤子的眼中，东西一旦从小众变成大众之后，就一定会变味儿。

对于不断创新的人，保持热情和专一是最难的，BYE BYE DISCO 这家南锣鼓巷黄金位置的小店在经营了一段时间后，也倒闭了。

2008 年那会儿，特别流行安迪·沃霍尔式的丝网印刷，彭磊还印了几十张海报，到现在一张也没卖掉。

2010 年，彭磊出了《北海怪兽》，为了这本书，他画了差不多 200 页漫画，在家足足画了一年。出这本书主要是为了推销自己的画，但最后那些画还是没有卖出去。

一直以来，新裤子花样翻新却也漏洞百出地创造着他们的音乐以及美学潮流，他们一直很超前，开始时兴致勃勃地做，做完之后若发现没有市场反馈，就立刻再去做别的。但当别人也跟上他们创造的潮流并逐渐同步的时候，他们又会觉得忒没劲，特别颓丧地自我否定，迅速更换新赛道。在群众的欢呼到来之前，他们总是那个先沮丧和想要离开的人。

只有对那些消逝的东西，那些永远不会到来的东西，他们才会充满深情地怀恋与珍惜。

2012 年，经摩登天空公司安排，新裤子开始了与张蔷的合

作。作为 80 年代的迪斯科女王以及大剌剌的北京大姐，张蔷身上有彭磊和庞宽一直迷恋的东西。他们为张蔷写歌制作，把自己对 80 年代舞曲和美学的喜爱都投射到张蔷身上。

2013 年创作出了《别再问我什么是迪斯科》，从生活的琐碎到音乐上的表达，无一不在为那个他们所熟知并喜爱的年代释放深情。在甜蜜的创作期过后，新裤子与张蔷一起在音乐节上演出，他们慢慢又变成了一种职业乐队的状态。

他们对消失的过去极尽赞美之后，又再次冷却了下来。

4

做一个美丽的失败者吧！生命因你而火热

2015 年新裤子发行了单曲《关于失眠和夜晚的世界》，这首歌释放了一个信号，那几个潇洒、嘲讽、无所谓的北京少年开始识得愁滋味，开始突然像北漂一样唏嘘感慨生活的不易和艰辛。

他们之前最忌讳的“苦大仇深”开始在他们的音乐里出现。而这样的音乐获得了更多的听众和认可，谁的事业与未来不是充满惆怅呢？从这首歌起，新裤子又变了。

但是，这一次他们不再年轻了。

正如彭磊所说：“一个人青春可能就那么十年，18岁到30岁，一晃就过去了。时间感觉会过得越来越快。你的荷尔蒙，你的冲动，在那几年就消耗光了，现在你想再有这种，也找不回来了。”

2017年，大鹏拍了电影《缝纫机乐队》，新裤子贡献了插曲《没有理想的人不伤心》：“我不要在失败孤独中死去，我不要一直活在地下里，物质的骗局，匆匆的蚂蚁，没有文化的人不伤心。”

当电影大范围在院线放映的同时，更多的年轻人被新裤子这首歌打动。早在2016年，这首歌曲就被收录在新专辑《生命因你而火热》中，这张专辑也预示着新裤子的再一次改变与背叛。

“今天的生活只剩下手机屏幕，文化不再宽广，也不再对年轻人有意义了，一切都不再重要，除了我在手机屏幕里的样子。迪斯科时代结束了，进入走心的黑暗时代。时代不需要知识分子，不需要文艺青年，只需要平凡的老哥。”彭磊曾这样唏嘘感叹。关于理想主义的节节退败，关于失败者的种种心酸无奈，关于种种欲望得不到满足的不甘心，关于梦想破碎的声音，成了新裤子新的创作题材。他们开始唱别人的故事，唱那些年轻人的心声，以获得强大的共鸣。

经历过无数次的人员变更后，新裤子乐队的成员现在固定有四位，分别是彭磊、庞宽、赵梦、Hayato，音乐上也回归到传统的摇滚乐。

专辑之后，新裤子又出了单曲《最后的乐队》，唱的正是中年音乐人面临的处境：“如果我们依然贫瘠，怎能为你排解忧虑，所有人都会慢慢老去，浮躁的记忆都忘记，那些偶尔闪光的场景，照亮在无尽的黑暗里。”

一切都变了，一切也没变，新裤子不再逆流而行。很难说这一次是调侃、解构、认㞞还是中年危机。但市场的反应是他们不用再坐冷板凳了，他们的外地巡演也开始在千人以上，音乐节开始压轴……2019 年 3 月末，新裤子乐队在北京工人体育馆演出，对于很多中国的老派乐队来说，工体很遥远，也是某种成功的标志。门票在十分钟内销售一空，新裤子不再用十年前在马路对面的“愚公移山”面对上百个观众翻唱的戏谑来表达自己对音乐的热忱，而是开始关注乐迷真正喜欢的音乐，同时坚持着用音乐表

摄影 ©7 仔

达情感。对于新裤子来说，他们现在最大的愿望，就是在身体允许的情况下，只要还能蹦得动，就一直在舞台上唱下去。

5

面对选择，做被风折断的野花，还是暴烈炽热的花火？

参加《乐队的夏天》之前，彭磊不看好这档节目："我们一开始觉得这个节目特别差，因为这些乐队平均岁数都在 35 岁以上，你让他们这些中年人来干什么，来丢人吗？"

在节目现场，彭磊碰到了很多熟悉的同龄乐队，有点儿伤心。"说实在的，因为大家到现在还是特别平凡，当然比 90 年代心态好了，但是大家都老了。"话音中透露着些许人到中年的失落与不甘心。

也许在彭磊的眼里，那些优秀乐队的生活并没有太大的改观，甚至还很艰辛，这和他们的努力、他们的作品不匹配，显得有点儿不公平。在节目里他感慨："好的乐队特别多，但境遇好的乐队不多。"

新裤子总是在怀念那些失去的东西，在《乐队的夏天》的舞台上，他们怀念的不是迪斯科，不是国货，他们在怀念失去的时间和青春。印象最深的是新裤子改编了汪峰的《花火》，唱得非常非常用力，像是北野武的电影里那个无路可退的西佳敬拼了命想要去守护一些什么。

汪峰写作这首歌的时候，据说北野武的电影给了他灵感。一个人的原始本性是自然而狂野的，但环境及生活的压力使人必须压抑自己本色的一面。面对人生的无常和命运的残酷，每个人都要做出自己的选择。在现实的压力和破碎之中，如果依然能保持热忱和光明，那么就算得上战胜了自己，战胜了环境。

就像一朵被风折断的野花，在火中花会燃烧，要么变为灰烬，要么在火中重生。新裤子坦言：“直到最近几年，为了继续向前走，才开始注意到要考虑面向大众，因为音乐是需要被更多人听到、理解，才会被喜欢的。”

被需要和被喜欢的感觉既可怕又快乐，其中快乐又占了更大的比重。而对于新裤子来说，有这么多东西可以和别人分享，是件美妙的事情。

榨干自己所有的体能，也燃尽了他们生命中所有年轻时骄傲的不甘心和人到中年的挫败感。青春、梦想、破碎、撕裂、神经质、绝望和希望之后的璀璨绽放，那些转瞬即逝的投入、炽热和闪耀，在新裤子之前抱臂转身嘲笑的姿态里从没有过，现在却特别真实。也许这种炽热一直存在，只是他们一直背对着观众反着说话。

或许，他们在某一瞬间也会想起高中毕业前夕，站在对外经贸大学活动中心的舞台上演到一半，被台下原本等着用这片场地跳舞蹦迪的大学生嘘闹时，丝毫不为所动，坚持在台上演完下半场的那个夜晚，那时他们年轻，无所畏惧。就像唱出“看着眼前欢笑骄傲的人群，心中泛起汹涌的浪花……所以我开始变了，变得像一团暴烈炽热的花火”的现在。

夏天来了，新的浪潮又将涌起，这股浪潮会将我们带向哪里呢？

“我不要在失败孤独中死
我不要一直活在地下里
物质的骗局，匆匆的蚂
没有文化的人不伤心。

摄影©7仔

”

——新裤子《没有理想的人不伤心》

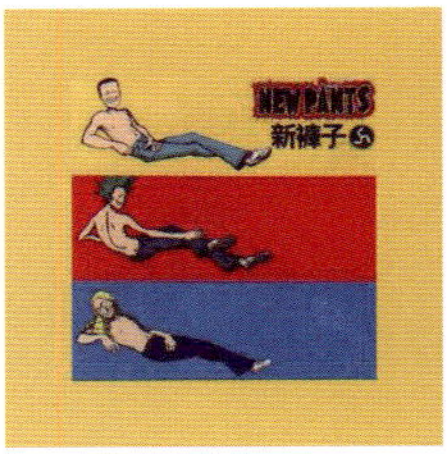

1

2

3

4

5

6

7

8

9

新裤子 （New Pants） 1 *1998*	Disco Girl 2 *2000*	我们是自动的 （We are Automatic） 3 *2002*
龙虎人丹 （Dragon Tiger Panacea ） 4 *2006*	野人也有爱 5 *2008*	Go East 6 *2009*
Sex Drugs Internet 7 *2011*	关于失眠和夜晚的世界 8 *2015*	生命因你而火热 9 *2016*

反光镜

三人朋克，像一支队伍

夏天侧记

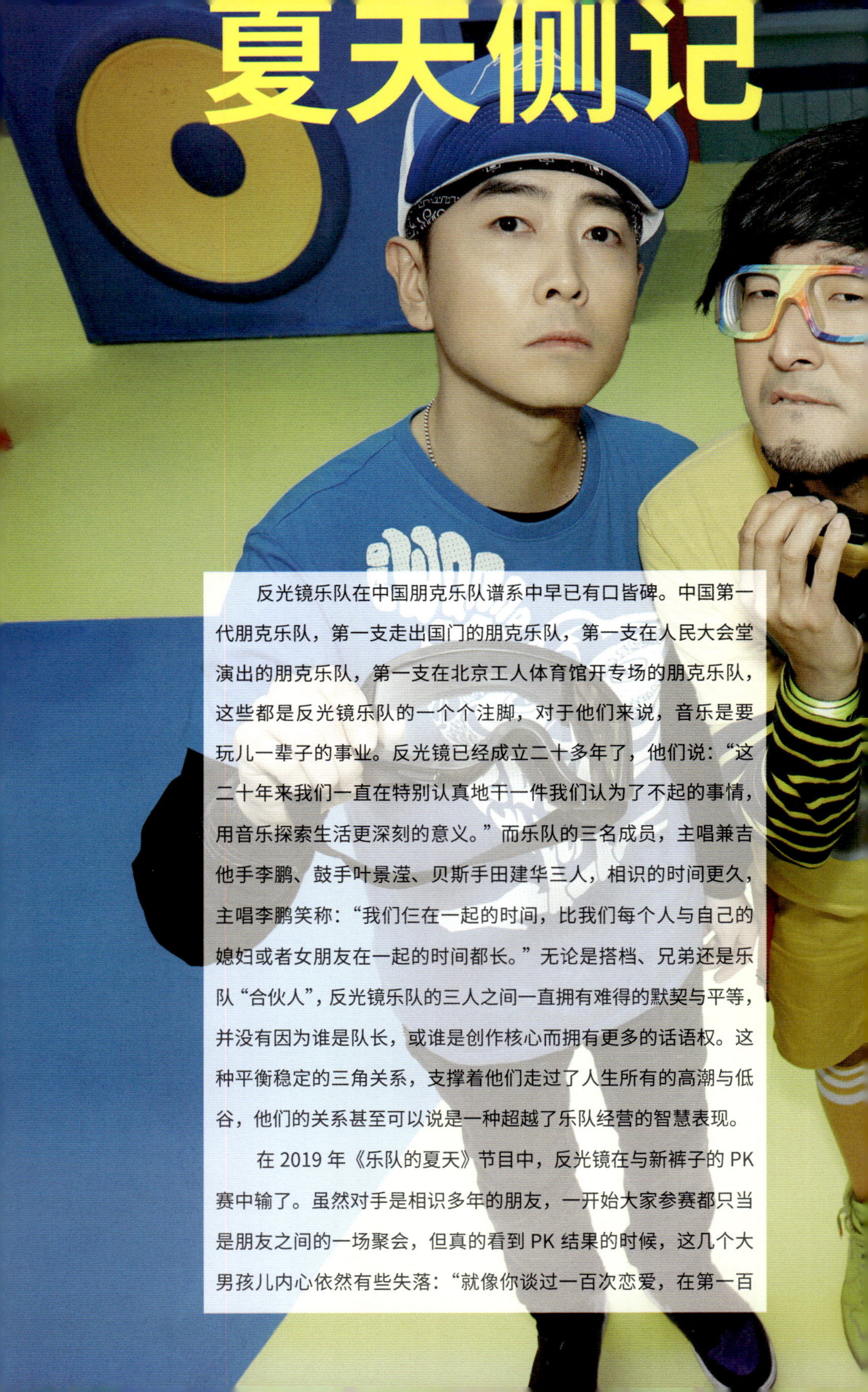

反光镜乐队在中国朋克乐队谱系中早已有口皆碑。中国第一代朋克乐队，第一支走出国门的朋克乐队，第一支在人民大会堂演出的朋克乐队，第一支在北京工人体育馆开专场的朋克乐队，这些都是反光镜乐队的一个个注脚，对于他们来说，音乐是要玩儿一辈子的事业。反光镜已经成立二十多年了，他们说："这二十年来我们一直在特别认真地干一件我们认为了不起的事情，用音乐探索生活更深刻的意义。"而乐队的三名成员，主唱兼吉他手李鹏、鼓手叶景滢、贝斯手田建华三人，相识的时间更久，主唱李鹏笑称："我们仨在一起的时间，比我们每个人与自己的媳妇或者女朋友在一起的时间都长。"无论是搭档、兄弟还是乐队"合伙人"，反光镜乐队的三人之间一直拥有难得的默契与平等，并没有因为谁是队长，或谁是创作核心而拥有更多的话语权。这种平衡稳定的三角关系，支撑着他们走过了人生所有的高潮与低谷，他们的关系甚至可以说是一种超越了乐队经营的智慧表现。

在 2019 年《乐队的夏天》节目中，反光镜在与新裤子的 PK 赛中输了。虽然对手是相识多年的朋友，一开始大家参赛都只当是朋友之间的一场聚会，但真的看到 PK 结果的时候，这几个大男孩儿内心依然有些失落："就像你谈过一百次恋爱，在第一百

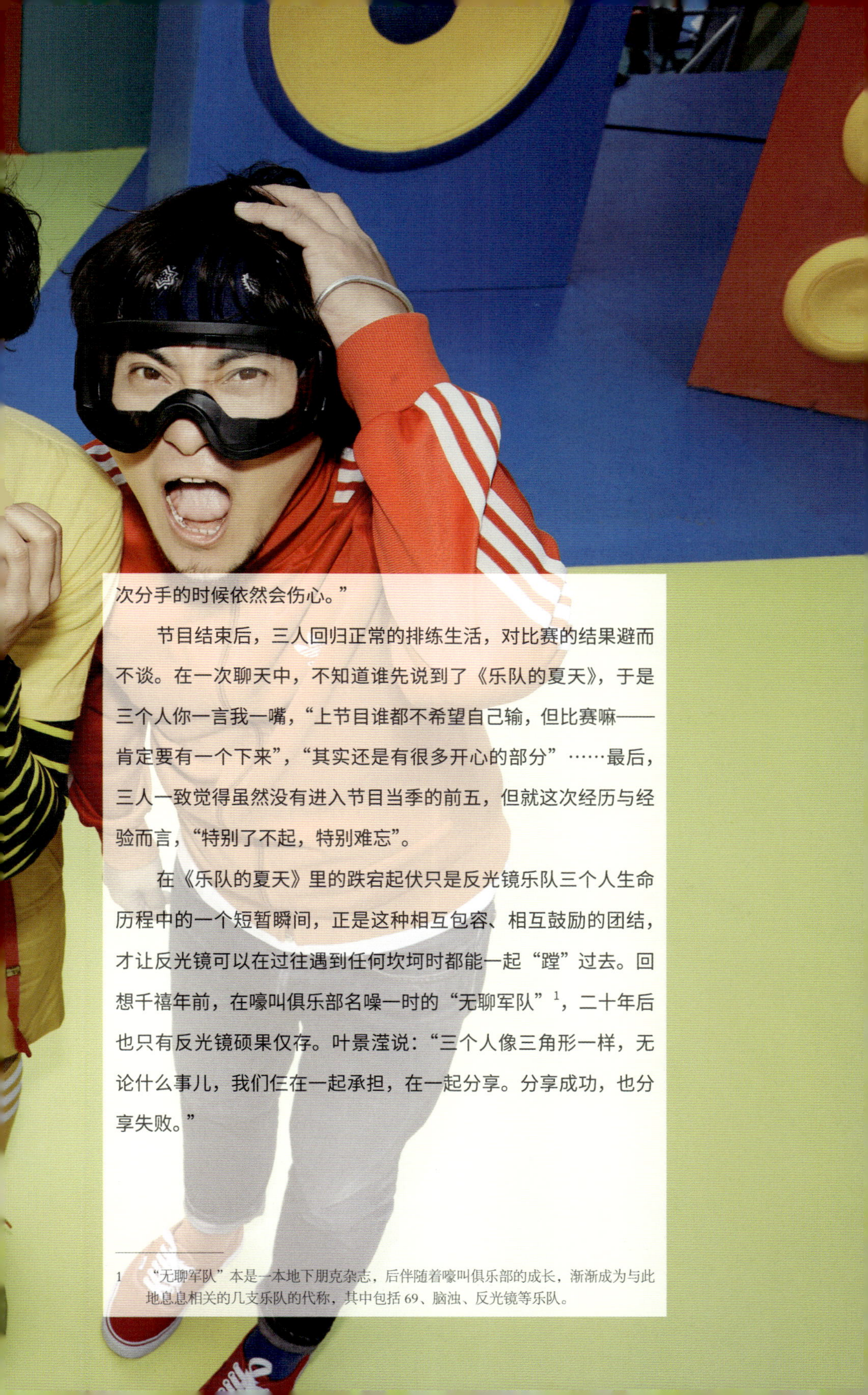

次分手的时候依然会伤心。”

节目结束后，三人回归正常的排练生活，对比赛的结果避而不谈。在一次聊天中，不知道谁先说到了《乐队的夏天》，于是三个人你一言我一嘴，“上节目谁都不希望自己输，但比赛嘛——肯定要有一个下来”，“其实还是有很多开心的部分”……最后，三人一致觉得虽然没有进入节目当季的前五，但就这次经历与经验而言，“特别了不起，特别难忘”。

在《乐队的夏天》里的跌宕起伏只是反光镜乐队三个人生命历程中的一个短暂瞬间，正是这种相互包容、相互鼓励的团结，才让反光镜可以在过往遇到任何坎坷时都能一起“蹚”过去。回想千禧年前，在嚎叫俱乐部名噪一时的“无聊军队”[1]，二十年后也只有反光镜硕果仅存。叶景滢说：“三个人像三角形一样，无论什么事儿，我们仨在一起承担，在一起分享。分享成功，也分享失败。”

1　“无聊军队”本是一本地下朋克杂志，后伴随着嚎叫俱乐部的成长，渐渐成为与此地息息相关的几支乐队的代称，其中包括 69、脑浊、反光镜等乐队。

1

半熟少年

叶景滢和田建华，还有反光镜乐队的前主唱郭峰是同住在一个大院的发小儿，从小学开始就在一起玩儿，一起听枪炮与玫瑰（Guns N' Roses，简称“枪花”）、金属乐队（Metallica）[1]，一起中了摇滚乐的毒。听多了之后三个人就不满足于只是听了，他们一起凑钱买乐器，撺掇做乐队。“最早买鼓的钱还是我们仨一起凑的，然后骑平板车一起拉回来——那会儿就是纯理想主义，有钱没钱先集中力量把事情办了。”凑齐了装备，三个人开始乐此不疲地翻唱枪花的歌。玩儿金属需要大量的技术和练习，三人又逐渐喜欢垃圾摇滚（Grunge）[2]和朋克，“我们想用最短的时间玩儿音乐，朋克可能是最好的方式”。1997 年，反光镜乐队成立。

李鹏是河北廊坊人，与 69 乐队的主唱梁巍和唐朝乐队的吉他手刘义军是同乡。梁巍比李鹏大五岁，当时已经在北大读书。李鹏经常跟着梁巍来北京玩儿。他们两人有一个共同的偶像，那就是“唐朝老五”刘义军。唐朝乐队在 20 世纪 90 年代初期已经名声大噪，在李鹏的记忆中，当时在廊坊，因为老五的影响力，满大街都是背着吉他练琴、做着摇滚梦的小孩儿。李鹏也不例外。出身武术世家的李鹏，从小被灌输的家庭教育理念就是“要成功，必练功”。他苦练吉他，经常一天练十几个小时，练就了一身的

1　金属乐队，1981 年在美国组建的重金属乐队。

2　垃圾摇滚，其风格较多地受到重金属和朋克的影响，强调由节奏及和声所带来的力量感，在 20 世纪 90 年代迅速成为主流音乐的一员。

“童子功”。在廊坊，没有人见过老五，磁带和杂志上的老五长发遮面，于是在少年李鹏的心里，老五就是一个人高马大，背着吉他行走江湖的神秘大侠。李鹏将来也想成为一个吉他大侠。

梁巍是另一个传奇般的存在。作为北大广告系的高才生，梁巍却喜欢摇滚乐。慢慢地，李鹏通过梁巍遇到了肖容、田越、涂强以及后来“无聊军队”各乐队的众人，和大家打成了一片。

刚开始，这些人都是重金属的拥趸。到了 1995 年，内地摇滚乐在经历魔岩三杰登陆红磡体育馆的巅峰时刻后，又陷入低潮。风靡于上一代的重金属音乐在年轻人中间逐渐失去吸引力。而在国际范围，涅槃的出现和科特 · 柯本（Kurt Cobain）自杀让全世界都听起了垃圾摇滚。当时李鹏、梁巍和他们的朋友们追逐着新鲜的音乐浪潮，大家多了一个获取信息的渠道，就是看

Channel V 这个频道。“刚好那个时候绿日乐队（Green Day）[1] 出了 *Dookie*，特别火。忽然看到绿头发的年轻乐手拿着吉他到处蹦跳，吉他上全都是各种贴纸——就觉得太帅了这个。”李鹏回忆起那个年代依然兴奋，他说自己“本来是奔着老五‘噌噌噌’那种范儿去练琴的，结果从那时开始，被朋克给毁了”。

反光镜乐队也在当时刚刚成立，由叶景滢、田建华和郭峰组成。他们对新朋克的喜好也是一致的，叶景滢说：“当时看到绿日乐队就三个人，我们当时也是三个人，那种滑板朋克，三个和弦的歌对我们来说也更好上手。”

除了朋克音乐更显潮流，许多符合当时年轻人心理状态的电影也引进到国内。李鹏至今对 1995 年上映的美国电影《半熟少年》（*Kids*）印象深刻，电影以纪录片手法呈现出来的青少年街头文化，正好像楔子一样楔入了他们的心，给他们心中压抑的颓废、忧郁与边缘感挖掘出了一条疏解的出口。“那个岁数想要的东西是一样的，你想要去表达——刚好朋克就很有冲击力。”

2

嚎叫俱乐部

1997 年，嚎叫俱乐部在五道口北京语言学院旁边开张。主理人吕玻没刻意想过将这里塑造成一个朋克“基地”，但自从梁巍、肖容和李鹏找到这里并在这里做了第一场朋克演出之后，嚎叫俱乐部便与萌芽中的北京朋克的命运暗合了。

1 绿日乐队，1986 年成立的美国朋克乐队。

“发现嚎叫俱乐部之后，终于找到了一个可以长期演出的地方，不必担心过几天就倒闭或者因不可抗力不让演。”69、脑浊、反光镜、A Boys、Rock Star 等朋克乐队开始在这里轮番登场，挂在盒子上、冷血动物等乐队也是这里的常客。李鹏那时候还没有加入反光镜，他在脑浊乐队打鼓，在 69 乐队和 A Boys 弹吉他，不演出时就给反光镜调音。

嚎叫俱乐部并不是专业的演出场地，但充满人情味。大家不光是来看演出，也为了认识朋友。演出的固定观众除了各个乐队的成员及其朋友，很多是语言学院的学生，包括留学生。Rock Star 乐队的主唱蒂娜（Tina）就是一名意大利籍的留学生，他们的吉他手、贝斯手、鼓手则是初代反光镜乐队的全体成员。当时蒂娜办了一份地下杂志，名字就叫《无聊军队》，主要记录几支朋克乐队和他们的朋友们混迹在五道口及嚎叫俱乐部的故事，后来“无聊军队”也成了常驻嚎叫俱乐部的那几支朋克乐队的代称，他们逐渐形成了一个互动的圈层。

当时流传着一个段子，说有一天一支金属乐队在台上演出，台下观众寥寥无几，只有“无聊军队”的一帮人。一曲结束后，台上的主唱生硬地说：“我们是金属乐队，但来嚎叫是为了生存，我们也演一首朋克。”五道口的嚎叫俱乐部被称为“中国朋克的发源地”，也预示了中国的摇滚乐迎来了一个崭新的“朋克时代”。

“嚎叫俱乐部和后来的 D-22 有点儿像，”田建华回忆说，“在那里出了一堆音乐风格或感觉上差不多的乐队。有这样一个根据地，有这么一帮喜好相似的人，把这种风格的音乐做大，然后慢慢细分，最后出现一些经得住大浪淘沙的好作品。我真觉得这是一件好事。”

除了有演出的时候，平日大部分时间嚎叫俱乐部都没什么人。“无聊军队”的成员因为很大一部分人都居住在五道口附近，所以有事没事就过来串门，三三两两在一起抽烟、喝酒、下棋、聊天，称自己是“脱离了正常社会的病人”，任由青春在这样的消磨中逝去。其中的很多人是北京孩子，不需要租房，没有特别大的生存压力，所以在尽量降低物欲的同时也可以做到抱团取暖。大家没有汽车梦、房子梦，租不起房子，哥们儿七八个人经常拼住一间屋子，天天混在一起，反正“只有音乐才是我的解药”。

李鹏是其中唯一没住在五道口的，对这种“乌托邦”式的生活感受不深。对于“无聊军队”时期的回忆，他印象最深的是每次演出完，他独自背着琴从五道口骑自行车回花家地。骑车要转过三座立交桥，每次听的盒带都是电台司令（Radiohead）[1]。“他们歌里的每个音我都记得，有时候在家睡醒后，发现卡带机里歌还在放着。”

1999 年春夏，嚎叫俱乐部经营不善关门了。老板吕玻入职京文唱片，成立了“嚎叫唱片”，并签下了曾经常在嚎叫俱乐部演出的几支乐队——包括 69、脑浊、反光镜、A Jerks（A Boys 后来改名为 A Jerks）。同年，嚎叫唱片为这四支朋克乐队制作了一张合辑，双碟 40 首歌，名字则沿用在嚎叫俱乐部时，蒂娜主办的地下杂志的名字——《无聊军队》。反光镜在其中有 8 首歌，简单明快，轻松潇洒，甚至有些年少的俏皮。

在许多乐迷的心中，《无聊军队》这张专辑是中国朋克足够经典的记录。他们在录制的时候，也没有想到这会成为一张经典，没有想到能影响那么多年轻人。今天，回忆整个“无聊军队”时

1　电台司令，英国著名摇滚乐队，20 世纪 80 年代成立，1991 年在牛津重组，1992 年签约百代唱片。曾多次获得格莱美奖，并于 2019 年入驻“美国摇滚名人堂”。

期，反光镜称之为“梦开始的地方”，李鹏唏嘘：“当时我们都太小了，时间也太早了，从在一起玩儿，到这几个乐队和‘无聊军队’的名字为人所知，只用了三年——1998 年大家在一起，1999 年录音，2000 年就分了。”

“这张合辑还是记录下了一些东西，代表中国有过朋克这样一个时代。”田建华说，“想起来还挺好玩儿，当时‘无聊军队’的四支乐队一共十个人，三个人玩儿一个乐队（反光镜），剩下七个人玩儿仨乐队。”

在《无聊军队》发布之后，1999 年，脑浊乐队成为李维斯（Levis）欧洲区形象代言人，日后又签约了日本的 Bad News（坏消息）公司，在日本巡演以及发片。69 和 A Jerks 逐渐淡出乐迷的视野，反光镜一直稳定地在国内发展。在他们第四张专辑《我们的歌》中，有一首歌叫《那四年》，回忆了那段时光：“朋友，你现在还好吗，回首一起走过的路，我们从未感到孤独；朋友，我真的不在乎，即使无法继续相处，就算早已各奔旅途。”

3

成长瞬间

2001 年，反光镜乐队赴美国巡演，这是第一支去美国巡演的中国朋克乐队。一路历经辛苦，但最大的启发是让彼时的三个人感受到了职业化乐队的魅力。去美国前，反光镜也没想过玩儿乐队未来的发展和前途该是怎样的。但在美国，同行们“less talk，more rock”（少说话，多摇滚）的行动意识以及乐队本身的专业性深深地刺激了他们。“原来他们一点儿都不颓废，用音

乐宣传环保意识、动物保护，这太酷了。”田建华回忆说，“乐队只有自身专业了，才能身体力行去做自己想做的事情和该做的事情。”

回国后，田建华就跟叶景滢和当时的主唱郭峰聊，他觉得如果要长时间地玩儿乐队，实现乐队的职业化，就一定要在音乐市场中争取到一个“份额”，“就像绿日一样，提到流行朋克那就是他了”，反光镜也需要在中国朋克乐队中找到自己的位置。同一年，李鹏从脑浊乐队退出加入了反光镜，重整旗鼓的反光镜开始了新的创作和演出。

2003 年，为了响应“环保万里行”活动，众歌手共同打造了一张合辑唱片《呼唤》，并在人民大会堂首演。参与者多是家喻户晓的一线演员与世界冠军，反光镜是唯一以乐队身份加入其中的艺人。在现场，反光镜演唱了《还我蔚蓝》。对反光镜来说，在人民大会堂的演出是对乐队自身价值的肯定：“我们那个年代的乐队，还是需要大量的时间去向家人证明，我们没有胡闹，做乐队也不是玩儿或者怎么样。在人民大会堂演出，算是帮我们给了家里一个交代。”

同一年，因理念不同，主唱郭峰选择离开反光镜。“翻过年就要全国巡演了，忽然主唱没了，大家都蒙了。”郭峰的离队，是反光镜从成立之初为数不多地感觉到难过且有压力的时候，但三个人迅速找到了临时的解决办法，那次巡演田建华暂时当了主唱，李鹏和声。在这个过程中，叶景滢和田建华发现李鹏唱歌唱得挺好，就把李鹏按在了主唱的位置上。这样的搭配，从此维持了十六年，且维持得不错。

“一个乐队的主唱走了，看起来就是一个灾难，但对于我们来说，如果处理得好，也能变成好事。有什么事情大家别较劲，商量着来，见招拆招，我们相信没有解决不了的问题。”

“年轻的力量无限，生命因你而改变，在成长的每瞬间，创造未知的峰巅，不管有多少坎坷，等待我去发现，充满勇气地面对每一次出发。”这是《成长瞬间》里的歌词，也是当时反光镜乐队的写照，兵来将挡水来土掩，他们从未被打趴下。

4

只有音乐才是解药

2006 年，反光镜乐队加入了曾宇创办的飞行者唱片。2007 年，在乐队成立十年之际，他们发行了真正属于乐队的第一张专辑《成长瞬间》。十年磨一剑，《成长瞬间》是反光镜十年成长的一次总结，更像是他们成长瞬间的切片，用经典的朋克音乐记录下他们的青葱岁月。

2006年后，随着互联网流媒体平台的发展和乐队巡演机制的逐渐成熟，独立音乐的发展逐渐进入了繁荣和多元。反光镜乐队的生活不再像从前那么窘迫和动荡，乐队成员也成家立业，生活进入相对平缓的阶段。在这个过程中，他们找到了新的创作和表达方式，来记录他们的成长和转变。

2010年，反光镜乐队发行了专辑《释你》，音乐一改从前的硬朗直接，变得更加旋律化，也平添了更多温柔的色彩，其中的几首歌《嘿！姑娘》《只有音乐才是我的解药》也成了他们转型后的代表作。那几年反光镜一直在巡演，状态很稳定，乐队进入正轨，很多作品自然而然地写了出来，比如《只有音乐才是我的解药》就是在巡演路上的重庆嘉陵江畔写出来的。

三十而立，三人内心的成熟以及更多对过往生活的审视都刻意或不经意地融入了他们的创作。三人常在一起交流想法，聊聊音乐的动机，每个人喜欢听的音乐不太一样，积蓄的营养也不一样，释放融合到一起，形成了反光镜独树一帜的感觉。反光镜乐队的歌曲与摇滚音乐带给人愤怒、叛逆的刻板印象不同，他们的歌曲有着简单明快的旋律，朗朗上口的歌词，积极向上的内容。对他们来说，做音乐并不局限于表达自我。2013年，乐队发行了《我们的歌》，这一次多元的音乐风格和对内心梦想的坚守表现得更为彻底，他们冷静地审视着不断变化的生活，每一首歌都与过去有了明显的区别。

“很多老乐迷说，从《释你》那张唱片开始，反光镜越来越软了，包括音乐风格也产生了变化。”田建华不否认这种改变，“我们写不了伟人的故事，我们喜欢写我们身边的、遵从内心的这些事，能跟别人有一些共鸣就OK了。”

李鹏说自己的生活就是创作的灵感来源，“那段时间，大概有七八年，生活一直就是围绕着孩子，接触的也都是胡同里的叔叔阿姨、大哥大姐，没有什么可以让我像从前在五道口那样充满躁动”。春去秋来，在胡同里过柴米油盐的生活，李鹏生活在这里，写出的就是《长大》和《孩子不哭》这样的歌曲。李鹏说，有一次他在小区楼下和保安聊天，很多对话的细节成了反光镜新的创作灵感——小人物永远是最有意思、最接地气的，艺术源于人民。

同样地，喜欢老北京胡同生活的叶景滢，在鼓楼开了一间小酒吧 The Pool Bar（台球吧）。与在鼓楼的一众热闹喧嚣的酒吧不同，这里从来没有现场演出，也不会有 DJ Set[1]。The Pool Bar 更像是日本一些小的居酒屋，来的客人基本都是熟客，大家都是正常世界里的正常人，但希望给自己内心再留一个地方。“如果为了躁，鼓楼有那么多酒吧可以选择，我想在 The Pool Bar 维持的，是在这么一个地方有这么一个安安全全的家，大家在一起舒舒服服地喝一口酒，也没打算拿它挣多少钱。”叶景滢说 The Pool Bar 维持的调性，就是“大家下班后固定地来到这里，聊一聊工作，从彼此口中交换生活信息——这就足够了”。

转型后的反光镜乐队不过分在意自己的音乐还是不是朋克，他们用创作与现场表现将更丰富的情感投入到音乐中，乐队的技术和表达日益成熟。他们还尝试音乐与商业结合，逐渐成为一支成熟、有责任感的乐队。此时，反光镜乐队对“朋克精神”的理解跟以往也不一样了。在他们看来，朋克精神不仅仅是热血的能量、荷尔蒙的发泄，抑或是对社会的批判态度，朋克精神还意味着“独立思考，简单直接，不随波逐流”。

---

1 DJ Set，一般包括几台音乐播放器和一台 DJ 专用的混音台。

5

生命不息，演出不止

2017 年是反光镜乐队成立二十周年，当时有媒体记者问他们："在这二十年的时间里，你们有想过解散吗？如果继续玩儿下去，到什么时候是个头呢？"反光镜说："从没想过解散，因为做乐队是一辈子的事。"

这些年，反光镜乐队一直身体力行着"生命不息，演出不止"的精神，无数次风雨同舟的三人坚信自己的音乐最有魅力的部分还是在现场。他们每年都要安排超过 20 场的高密度巡演，动辄上千人形成的暴裂现场，大家面对面时密布的汗珠，演出中很多意外和不确定的部分才是反光镜音乐最具魅力的展现。他们就像几个满嘴唱着《嘿！姑娘》的大男孩儿，总是有着《释你》般的困惑，高唱着《无烦恼》，终于找到了值得唱 *You are my sunshine*（《你是我的阳光》）的姑娘，然后大男孩儿《长大》了！听得出来他们每一个《成长瞬间》，但依旧改变不了《只有音乐才是我的解药》的执着，再到现场与他们高唱《我们的歌》……反光镜乐队一直给人永远年轻的感觉，也在探索着生活中更深刻的意义，正如他们仍然满怀着对生活的热情歌唱道："如果不能选择，我们就去歌唱。"

每次演出，都有乐迷给反光镜送礼物。在微博上他们还会收到乐迷的私信，说反光镜的某首歌，甚至某句歌词，对他们产生了巨大的影响，等等。做了爸爸的李鹏遇到这些善意的反馈，无论是演出还是日常生活中，都会受其影响。"关注你的人越来越

多，你自然就会有一种社会责任感。”

一些微妙的变化也在产生。如今在演出中，反光镜的仨人发现台下站着很多未成年的孩子，还有很多是父母带着来看演出的，有些话到嘴边就说不出口了。“毕竟不是在五道口，一帮朋克在一起躁的环境了。”聊到现在的音乐场景，李鹏说，“还记得从前在五道口，这么多乐队演完了，乐迷都不会散，都留下来在等待一些‘谁知道会发生什么’的事情。现在大家一演完立马就散了，谁想听你发言，谁想看你愤怒？现在已经不是那个年代了，人家有自己的三观，但如果能和我们的音乐产生共鸣就很好了。如果我们还能做到让大家体验到浸入式的快乐和放松，可以缓解和女朋友分手的男孩儿心里的悲哀，我觉得已经很了不起了！”

2017 年，乐队在工人体育馆举办成立二十周年“只有音乐才是我们的解药”演唱会，成就了至今中国朋克乐队规模最大的一次演唱会。叶景滢说：“有一天我们老了，跳不动了，站着玩儿不了了，我们也会弄三把轮椅上去接着演。”

6

因为，所以

2017 年，乐队与合作十年的飞行者唱片解约，开始完全独立自主的乐队经营。压力和挑战扑面而来，乐队还是一切事情商量着来。没有了公司的限制，在行政上更加简化直接，很多事情的敲定变得容易了。抛开各种预算和报表，他们首先在专辑的制作、演唱会的质量上，投入更多成本、时间和精力。在创作上，也从原本的单一依靠李鹏的情况中解脱出来，乐队三个人都开始参与创作。作为一支成立超过二十年的老乐队，创作压力特别明显："出过那么多唱片，有反响特别好的，也有滑铁卢的，每个人都会希望下一张专辑比之前更好。"

往前走，既要卸下担子，也要努力去拼，"其实活得挺分裂的"。

2019 年，反光镜发行了独立后的首张专辑《因为，所以》，大部分表达的是对生活的思考和对人生的感悟，音乐风格上虽然更多元化，但更不一样的是他们好像又回归到十年前态度鲜明的反光镜了。李鹏说这是因为自己又愤怒了，"一种无形的不安全感压迫着我，让我焦虑"。

这种焦虑来自与网络社会的隔膜，李鹏和反光镜的其他人都更喜欢人与人之间真实的连接，无论是创作的灵感来源还是线下演出与歌迷的接触，在实际生活中的锤炼给他们源源不断的力量。而现在大部分年轻人沉迷网络虚拟世界，对现实生活反而有了更多的不真实感。"每个人都过于沉溺在网络世界，人和人之间的关系变得脆弱和模糊，每个人都可以做键盘侠，对另一个人发起网络暴力而毫无歉疚，随便骂人，没人在乎另外一个个体。”专辑中有一首歌叫《没人在乎你》，就是源于李鹏的焦虑：“从前人与人之间的互动没有了，现在总隔着手机。”面对网络世界高速运转所带来的封闭和异化，反光镜又本能地开始以音乐表达自己的态度。李鹏还写了一首歌叫《来到你身边》，“虽然歌的感觉是丧的，但我们还是试图在丧里面体现出人文关怀那种‘不丧’的精神，希望可以让自己先振作起来”。

面对这种新的虚拟世界之中无限冰冷的现实，反光镜乐队的朋克基因会让他们事先发觉这个世界的异化，然后本能地做出回应。

“从没想过解散，因为做

是一辈子的事。”

——反光镜

1

2

3

4

5

Reflector （反光镜） 1 *2002*	**成长瞬间** 2 *2007*	
释你 3 *2010*	**我们的歌** 4 *2013*	**因为，所以** 5 *2019*

木马

经过整个舞台的灯火

夏天侧记

当整个舞台的灯火衬托出木马乐队主唱谢强（木玛）清瘦妖娆的面孔时，仿佛一尊艺术品凌驾在观众的眼前——华丽、阴郁与观众的期待并列存在。他是名副其实的摇滚明星，是酒神的嫡子，狂热与沉静在他的身上和谐统一。

在《乐队的夏天》第二季的舞台上，艺术气质浓郁的木马乐队与这个灯火辉煌的舞台，始终充满了张力与对峙。《旧城之王》的潇洒戏谑，《舞步》的肆意任性，《后来》的真诚动容……这一次“乐夏”的舞台，也是木马乐队复出的舞台。主唱谢强主控全场，吉他手邓力源全力配合，原鼓手胡湖回归，这个拥有超过二十五年历史的乐队再次浮出水面，得到了更多人的关注，惊艳四座。

“木马”是一个说来话长的故事，他们的音乐曾经被责难为“对摇滚乐的背叛”，却又影响了不止一代的摇滚青年。他们不仅是最早一届迷笛音乐学校出来的乐队，也是最早签约摩登天空发

行专辑的乐队之一，还是最早在国内进行全国巡演的乐队，更是率先在舞台上展示艺术装置及 VJ[1] 的艺术家。年少成名的他们，有着张扬独特的个性，而二十多年来，乐队成员分分合合的曲折经历，也充满了戏剧感和传奇性。在木马乐队身上，可以清晰地看到摇滚乐是怎样改变了一些人，继而改变了整个时代。

回顾过去，谢强说：“我觉得谈不上好或者是不好，好不好它都发生了。对于我来说，这就是我们的生活和我们的历史——我想让那些爱我的人感受到，我们共同经历了一个时代，时间转瞬即逝，而我们还留在这里。”

1 VJ（Visual Jockey），影像骑师，也称影像设计。将音乐与视觉相结合，通过素材剪接、添加效果，展现一种新的影像趋势。

1

空空旋转的木马，沿着铁路漫游

“木马乐队的成员是医生、诗人和火车司机的儿子。”这是木马乐队广为人知的一段自白式简介。

谢强出生在湖南株洲的一个铁路职工家庭，父亲是火车司机，母亲是车站职员。因父母的工作性质，他从小就被送到全托幼儿园生活。在谢强儿时的记忆中，幼儿园的院子像一座迷宫，里面有长廊、假山、水池、草坪、秋千、滑梯……当然，还有一座旋转木马。秋风吹起的时候，无人乘骑的木马兀自在院子中旋转，给谢强留下了深刻的记忆。“那个木马旋转的场景是我后来创作的灵感源泉，所以我使用‘木马’作为我的笔名、艺名和乐队名。”

上小学后，为了能有大人照顾，谢强开始在姨妈家寄读。他的表哥有一台半导体录音机，还有张帝、邓丽君、齐秦、Beyond和崔健的磁带，谢强开始耳濡目染地接触流行音乐。不过比起录音机和磁带，电视里每天六点播放的动画片对他的吸引力更大。

“放学后一定小跑回家，到六点钟的时候就守在电视机前，动画片的片头曲一响起便会释放我所有的快乐，这意味着即将开始度过愉快的半个小时。可等到动画片播放完了，我就会很伤感，片尾曲响起来也就意味着我要去做作业了——夜晚是没有娱乐活动的，只有无尽的黑暗。”

冬天，放学回家的土路上没有街灯，没有霓虹和广告牌，谢强感到单调乏味。夕阳沉落，天空发黄，谢强便不由自主地哼唱起那些动画片里略带忧伤的片尾曲。“傍晚暮色的场景和那些忧伤的音乐，一直留在我的记忆里。”谢强回忆说。

初二的时候，家庭出现了一些变故，谢强搬回自己家，“几乎见不到父亲，月初的时候父亲会挪出一半的工资留给我生活，之后就不会多管我什么。每天晚上回家，我把父亲留在冰箱的食物热一热，吃完就又出门了”。

青春期的郁闷是无处释放的，谢强也曾学着别人当小混混，出去打架，但他又觉得打架没意思，没什么成就感。他也去那种南方小城的录像厅，交一块钱进去，武侠片、进口片轮着放，他在混乱暧昧的录像厅里看了《苍蝇》《肖申克的救赎》……不过谢强最喜欢的还是戴着耳机，在城市里漫无目的地游荡。他无数次沿着铁路晃荡，看夜晚的火车驶过；也会沿着湘江散步，桥、河边，以及稍远处的土地、田野、城市都留下了他的足迹。他戴着耳机、听着音乐在其中穿梭，耳机中的音乐包括国内的崔健、唐朝、黑豹、清醒乐队，也包括国外的皇后（Queen）、蝎子乐队（Scorpions）、平克·弗洛伊德（Pink Floyd）以及披头士（The Beatles）和枪花等。生活中一幕幕的场景就仿佛配了乐的电影默片，“在黑夜里，听重金属最好。黄昏的时候，适合听 4AD[1]……”谢强说那个时候他“用摇滚乐丈量和标记了整座城市”。

“晃回来后，就躺在床上看书。看书的习惯是在姨妈家培养起来的，姨妈是语文老师，家里有许多名著，有小说，那个时候看了《水浒》《红楼梦》。回到自己家有什么看什么，小说，还有杂志《读者》《故事会》，也有《大家》《音乐殖民地》……”

1 4AD，20 世纪 80 年代初期创立的一家英国独立音乐厂牌，主要拓展的音乐风格包括哥特摇滚、后朋克、低调迷幻等，其发行的唱片审美独特，唯美而颓废。

初中结束，谢强的父亲想让他去学开火车，以后好“接班儿”。谢强去了，住在父亲修铁路时的工友家里，“我白天上课，晚上就和学校的朋友们一起打游戏、跳舞，在街头瞎混”。生活在铁路子弟的职工区，长此以往无可避免将会重复父辈的生活——做一名铁路工人，结婚生子，天天打麻将。这样的人生与谢强在电影、小说中看到的相比，简直灰暗无比，于是他转去高中，开始学画画。

学画画的时候，谢强结识了更多艺术生。大家在一起交换书籍、杂志和各种意见，看卡夫卡的小说。看法国的先锋小说，看《音乐殖民地》杂志，一起学吉他练琴。在这样的交流中，谢强慢慢培养起一种感觉，那种感觉驱使他开始塑造自己对生活的期待——“那些画家、艺术家、音乐人，如同内部的众神准确地将我撕裂，我更渴望像他们一样生活。”

2

有一段时光供我们回忆，也是美妙的

在高中学画不到一年，谢强在《通俗歌曲》杂志上看到了北京迷笛音乐学校的招生简章。于是，他决定去北京，“我想往前走——要进步就得跟真正的艺术家在一起”。

他在火车站找了一份临时工作，300 元一个月，闷头干了三个月，攒够了路费。和父亲道别的时候，父亲又给了谢强 700 元，便没再多的叮嘱。“铁路出身的孩子，从小就懂得自己照顾自己，父亲并不担心。”谢强背上借来的红棉吉他和一些摇滚磁带，便

踏上了北去的列车。

1995 年 2 月，刚过完春节，北京还是一片肃杀。谢强打车到了当时在海淀区双安商场的迷笛学校。站在过街天桥上，俯瞰空阔无人的北三环，17 岁的谢强觉得，世界向他打开了一条缝。

1995 年，迷笛初创，只有三个月的短期班。学校的宿舍在颐和园旁边，都是当地人私盖的平房，八人一间。学员一概十几二十岁，来自五湖四海，有歌舞厅伴奏乐队出身的，有在地方城市开吉他教室的，也有受到摇滚乐的感召来寻梦的。20 世纪 90 年代中期，中国流行重金属，大多数人留着长发，穿皮衣。谢强一头短发，身体纤弱，皮肤白皙，看起来与周遭格格不入。与大多数下课回到宿舍就开始爬格子、扒谱子的学员不同，谢强喜欢躺在床上与人聊存在主义，聊当代艺术，没事就弹唱自己写的歌，被同学视为异类。生命之饼乐队的吴维是当时迷笛学校贝斯班的学生，因为对摇滚乐的认知仅限于 Beyond，所以没什么人愿意和他玩儿。于是两个不受待见的学生，加上另一个学员曹操，三个人成了朋友。

在迷笛学校待了两个月，谢强受不了食物的单调，暂时回了长沙。“没多久就开始想念北京，还是想做音乐，做艺术，于是又回去了。”

回到北京，谢强住在圆明园画家村附近，和当时搞音乐、诗歌、绘画和电影的人混在一起。如同在高中时期与同学交换书籍阅读，谢强借当时文艺圈的便利，接触到《午夜文丛》和美术出版社引进出版的许多艺术杂志，还有一些当代小说，接触到了更多的外国电影和音乐。

与此同时，谢强和曹操、吴维在一起组了一个乐队，曹操弹吉他，吴维弹贝斯，谢强是主唱。曹操吉他弹得生猛投入，每天疯弹吉米 · 亨德里克斯（Jimi Hendrix）[1] 和布鲁斯（Blues），吴维是个老好人，三个人没玩儿出什么花样，倒是每次排练完大家就去脏摊上喝酒，喝了一个夏天，每个人都酒量见长。“夏天结束我们就散了，各奔东西。”

1996 年，谢强在迷笛认识了胡湖。胡湖从高中退学，喜欢海子，他也写诗，也做音乐。一个写诗的鼓手，激发了谢强很多灵感。同时曹操又回到北京，谢强寄宿在曹操家，三个人经常一起听音乐，从根源的布鲁斯、流行、朋克、后朋克，到噪音、艺术摇滚和古典音乐，听了很多。“那个时候我们三个已经预感到我们肯定会在一起做点儿什么。”谢强回忆。

1　吉米 · 亨德里克斯，美国吉他手，被公认为是摇滚音乐史上最伟大的电吉他演奏者。

1997 年，谢强邀请曹操、胡湖一起去长沙闭关创作，“即使做不出来什么像样的音乐，但在我们的人生中有这样一次共同的旅程，即使我们老了，也会觉得，有这样一段时光供我们回忆，这就是摇滚最美妙的部分”。

在长沙，三个人在郊野的山上租了一栋两层楼的房子，一层排练，二层生活。三个人从扒歌开始练习，大门（The Doors）、电台司令、红辣椒乐队（Red Hot Chili Peppers）……把众知名乐队都扒了一遍。闲暇的时候，三个人会翻过住处的山头，在山顶眺望湘江。在山中小屋憋了四个月，三人排出了乐队的第一批作品，组成了木马乐队。谢强说至今依然很珍惜那种感觉，和朋友们一起专注地创作了这样的音乐：“我很骄傲能跟他们一起经历这个时代。”

3

生活里面绝对不能没有一只玻璃杯

回到北京不久，乐队先行录制了第一批作品中器乐的部分。然后年关将近，大家各自回家过年，计划过完年再一起回北京完成最后歌词的部分。

回到家，谢强立刻感受到家乡独特的过年氛围，他再次将自己与现实生活隔离起来。七叔八婶聚在一起没日没夜地打麻将，不断地抽烟、嚼槟榔，毫无戒备地互相责骂，整个屋子乌烟瘴气，嘈杂和喧哗的动静就像火车开动一样，“看着他们，我感受到一种再也无法弥合的错愕”。这样的生活场景让谢强感受到一种巨大的束缚和拉拽，他只想逃离这一切。

“我跟我爸说我要回北京完成剩下的工作，清脆的麻将声音和缭绕的烟雾中，我爸只是抬头跟我说了个‘好’字。”于是，谢强在大年三十出门，也没有提前买票，就踏上了北上的火车，整个列车空空荡荡，谢强感到莫名的兴奋。

大年初一，谢强独自回到迷笛音乐学校，学校里也没有人，都回家过年了。谢强满学校溜达，在阶梯教室后面看到一间放映

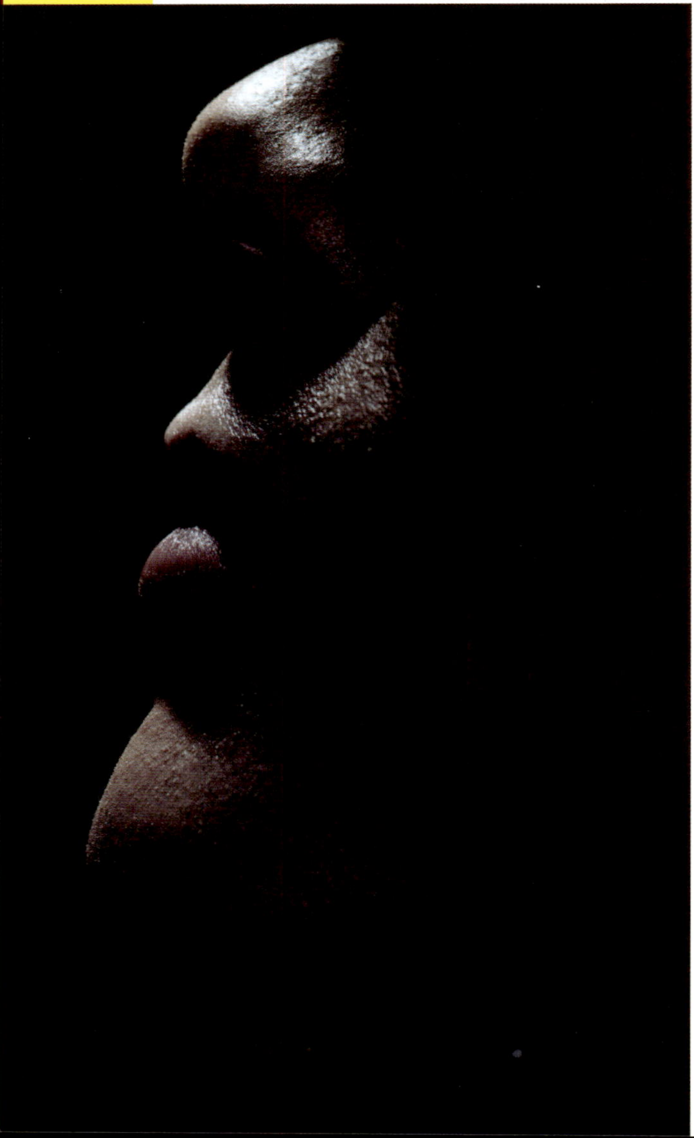

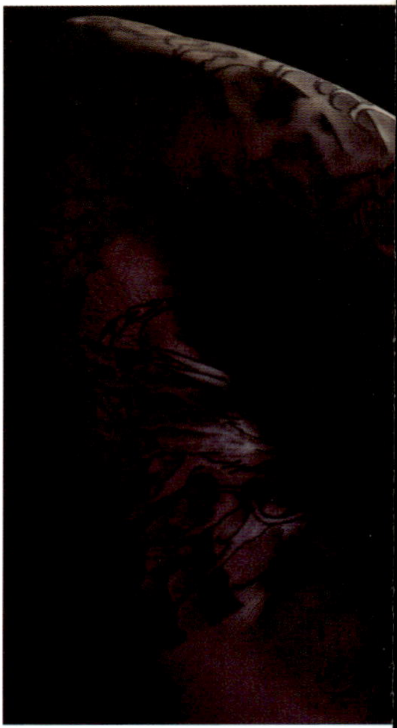

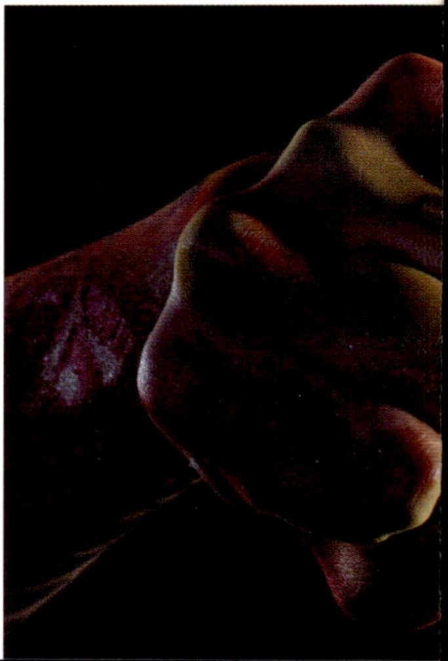

室。把放映室的窗户打开可以观察阶梯教室，关上，放映室就成了一间密室。谢强在这里支了一张床板，从别处搬来桌子，又从附近的京客隆超市买来台灯、电炉、锅、面条等生活必需品。

“我还买了雀巢速溶咖啡、可口可乐，因为我需要甜的，不然会不开心。把一切都准备好，当时觉得生活还缺乏一点儿细节，就花了十几二十块钱买了一个超市里看起来质量比较好的玻璃杯。在当时那已经是一笔不小的花费——我觉得我的生活里面绝对不能没有一只玻璃杯，肯定不能，因为我不可能拿一个破杯子，坐在那儿就把歌词给写了，那不是我的风格。”

谢强回忆，那只玻璃杯在北京普通的家庭眼中可能就是寻常物件，但在那间空空荡荡的放映室里，咖啡和玻璃杯却支撑着谢强的艺术信仰。一点点精心营造的生活细节，让谢强觉得生活里还有值得追求的东西。那时的他觉得自己虽然是一个难民，却也是艺术的难民。谢强在放映室里待了一个月，安安静静地写完了《木马》中所有的歌词。

“1998 年的冬天，阳光照着，明亮又冷，我也很冷，放映室里根本没有暖气。可我并不觉得非常难挨，因为创作的激情是异常旺盛的，投入工作后我人生中那些拧巴的东西都释然了。”谢强回忆说。当时《木马》这张专辑只有八首歌，谢强觉得少一首，便用快乐分裂（Joy Division）[1] 的《转播》（*Transmission*）前奏作为动机，写下了《舞步》这首歌。“随后的事由你自己决定”，歌词都是一贯而来的灵感迸发，那就是谢强想说的话。写完这首歌，谢强走出放映室，虽然好久没洗澡了，但他觉得自己好像披了一身彩虹，“真的有那种感觉，觉得自己做了一件伟大的事情”。

1　快乐分裂乐队，1997 年成立的一支英国后朋克摇滚乐队，其音乐弥漫着不安、焦虑、悲观和灰暗的气息，这一曲风也成为后来哥特摇滚的雏形。

1999年底，摩登天空发行了《木马》这张专辑。当时的木马乐队被定义为一支哥特乐队，因为这张专辑足够黑色阴郁。超现实主义的题材，梦幻的旋律，故意带着粗糙颗粒感的主唱发音，以及谢强、曹操、胡湖三人的独特个性，让木马乐队充满难以言喻的艺术气息。

但木马乐队不像其他同时期地下乐队那样得到了当时乐评人的喜爱，谢强只能自己写文案和通稿，那句“医生、诗人和火车司机的儿子”就是他早先日记本里的句子。

2000年之前，如果有乐队能签约唱片公司，发行一张完整的录音室专辑，就意味着已经“出来了”。可当时，中国独立摇滚的环境并不完善，大家都处在一个偏地下的状态，木马乐队虽然拥有了名声，可依然接不到演出，还是挣不到钱。

4

无意中，
就挖到一个金矿

眼看乐队成员垂头丧气，虚度时光，大家濒临解散，谢强不服气，打电话给摩登天空老板沈黎晖，说要不然再出一张新唱片，希望公司能给两万块钱。当时摩登天空也没钱，木马乐队就在公司的地下室里搭建了临时的录音棚，找来录音师郭劲刚，同期录第二张迷你专辑（EP）。

那会儿，谢强已经交不出房租了。胡湖的女朋友在垂杨柳附近有一套单位分的房子，筒子楼，两间房。有一间本来是放杂物的地方，谢强摆了一张床就暂时住下了。“我住在那儿，十几天没出门，蒙头创作。”在没有一首歌储备的情况下，谢强用了十八天时间写出了 *Yellow Star* 这张迷你专辑的所有歌词。

“第二次做专辑，就会有经验。是吸收过去的经验和技巧，让它变得更加完美。《爱得像蜜糖》《我失去了她》是新写的，《美丽的南方》以及 *Feifei Run* 是过去的歌整理来的，最后一首《伟大的演奏家》是木马乐队成员与黄勃、杨海崧一起在录音棚玩儿出来的。”

和在放映室写第一张专辑歌词的时候一样，谢强从胡湖那里弄了一个玻璃杯，“你会发现才三年，玻璃杯质量明显比过去好了，而且造型也更好看了，可能不是在京客隆买的，是在家乐福买的进口杯子；而且咖啡的口味也变多了，炭烧、摩卡、拿铁……眼花缭乱”。

那时候新加入的键盘手冯雷已经跟乐队一起排练了很长时间，他的加入给乐队带来了更多可能性，丰富了音色的同时，也让乐队有了更多层次的和声。整张迷你专辑都是同期录音，从开始到录完用了十来天时间，谢强说 *Yellow Star* 的制作就是趋向完美的一个过程。

做这张专辑的同时，木马开始筹划全国巡演，乐队独立操作巡演在当时还是一件新鲜事。谢强在全国认识很多朋友，“我就是觉得应该要去演出，没有演出的地方，创造条件也得演出”。有朋友劝谢强放弃巡演的念头，说“一场收入没有 2000 元钱，别的乐队根本就不会去演”。

木马乐队完全独立操作巡演的策划和执行，成员们在一起翻看地图，打电话预订场地，联系当地的吉他协会、琴行，做垂直受众的推广。当时谢强自己买了一个诺基亚 5210 手机专门做这件事情，那一个月，光电话费就花了 2000 多元。

订完场地，*Yellow Star* 的实体唱片还没做出来，连封面都没拍，木马乐队已经上路了。作为唱片设计师的庞宽，当时找来一个朋友乐队的女主唱，在她手指上写了 muma 几个字母，用数码相机拍下来做成了唱片封面。

唱片还没做完就巡演，这在西方成熟的行业体系里面是不可能的，甚至有些“大逆不道”，但当时乐队没有办法，只能这么操作。今天谢强的很多朋友怀念千禧年和世纪初，谢强不以为意，认为那是一个非常让人尴尬的时代。

最终，木马完成了 35 站的巡演，每站基本都有两三百人，甚至有几站达到六七百人。乐队一路下来，感觉无意中挖到了一个金矿。第一次巡演就获得良好的反馈，还引起了主流媒体的注意，木马乐队斩获当年百事音乐风云榜的最佳摇滚乐队奖。拿了奖后，木马乐队让整个地下音乐圈看到了希望，谢强说：“这意味着那个时候大家是多么需要被认可，走上大众视野的舞台是我们所有人的梦想。”

35 场演下来，到了最后一站北京，木马乐队已经在密集的演出中形成了稳定、整齐、强劲的现场表现力，也形成了独特的表演风格，把来看演出的其他乐手都给震住了。演出完，所有人都说：“木马太牛了！太摇滚了！”

5

听摇滚乐的人，被限制住了

2004 年，木马乐队开始筹备第三张唱片，也就是后来的《果冻帝国》。他们在陶然亭公园创作和排练，巡演的成功和获奖的经历让大家倍觉振奋。成名在望，每个人对接下来的第三张专辑都寄予厚望。

“每天排练八九个小时，其实已经失去了别的所有的生活。”谢强坦言。没有系统音乐学习的经历，每个人都是凭借对摇滚乐的热情和荷尔蒙在创作，而那种炽热经过《木马》和 *Yellow Star* 的消耗，在陶然亭公园里，四个人已经快要崩溃了。“快疯了，天天排练，恨不得拿头撞墙，一点儿乐趣都没有。”

对于第三张专辑的设计，乐队成员的构想也不一样。曹操想做类似《木马》那样的专辑，谢强想做警察乐队（The Police）、大卫·鲍伊（David Bowie）那种旋律性更强一些，听起来明朗放松的音乐，“大家都觉得这张专辑做出来，我们就会成为摇滚

明星，但我知道如果是另一张《木马》，我们不会成功”。谢强对曹操说，他要写一些开心的东西了，“因为我写了太多特别黑暗的和特别美丽的东西”。曹操生气了，掷出一句：“反正我不愿意舔流行音乐的屁股。”

“当时的摇滚圈，和曹操有一样言论和评价的人太多了。*Yellow Star* 发行的时候有人骂我们变流行了，最后《果冻帝国》发出来，我被人骂说想成为郭富城，想要做流行音乐。”谢强说，“搞摇滚乐的人、听摇滚乐的人都被限制住了，大家框了一个框，认为这才是摇滚乐。”

胡湖是第一个离开木马乐队的人，“绷不住太累了，他就离开了”，谢强没有挽留，只是劝胡湖在离开前把已经完成编曲的歌录完再走。胡湖答应了，那是他在木马留下的最后遗产。“我记得录完鼓的时候，他整个人都变得松弛了，觉得解脱了。然后他就去了拉萨，在那里待了很多年。”

新鼓手李元加入，谢强、曹操、冯雷和郭劲刚租了一个录音棚，在棚里用拼贴的方式整理了这些歌，两个月后，《果冻帝国》完成。“录音和创作永远是遗憾的艺术，你只能获得精神上的圆满，对自己来说有一个交代。”多年以后，谢强这样评价这张专辑。

谢强形容木马乐队的音乐呈现在那个资讯贫瘠的年代里，属于绝对的原创，如同用土法炼钢，但是做出的东西是有价值的，绝对没法儿拷贝，“好不好它都产生了，都发生了，对于我来说，这就是我们的生活和我们的历史”。

当时摇滚乐圈子的氛围有点儿让人看不到希望，时代过去了，人也不一样了。大家都没钱挣，于是身边那些摇滚乐队的人开始天天喝大酒，抱怨牢骚不断。谢强不愿参与其中，他觉得自己必须往前走。胡湖和曹操的陆续离队让木马乐队停摆，谢强带着自己新的音乐创作和理念做了“木玛 & Third Party”，出了《丝绒公路》。为了避嫌，谢强不再继续使用“木马”的名字。

认可与赞美总是推迟到来的。网友在木马乐队的论坛留言：“只是不得不承认，在某些方面太晚才有所觉悟。”木马解散的时候，乐评人邱大立曾写：“虽然木马算不上一支传奇的乐队，但他们已毫无疑问地在经典乐队里占得一个位置。”

6

就是要漂亮

谢强说自己从来就不是一个单一的、封闭在地下的人，他期盼有更多的拓展和尝试。2005 年，谢强找朋友帮忙剪辑了一些木马的演出视频，做成 PPT，通过朋友找到了汉亚文化。谢强明确表示要做什么样的摇滚乐，怎么去推动，以及提出迎接商业的意愿。之后不久，汉亚文化与谢强签约，答应投入 100 万制作唱片，配给他最大的资源支持，但商业运作的部分全部由公司来把控。

《丝绒公路》是 100 万成本制作出来的唱片。虽然有很多限制和缺陷，并不完美，但这确实是一张非常漂亮的唱片。谢强对《丝绒公路》一直是很满意的，包括律动、和声、歌词和色彩感，以及完整的唱片美学设计……然而乐评、媒体及同行们对这张专辑依然充满了批评和敌意。谢强说：“那时候还是有很多人骂我，措辞也毫不客气。对我来说，我觉得没什么，我是被骂过来的，第一张唱片出来，没人评；第二张出来，被人骂‘背叛摇滚'，说我把乐队毁了；第三张出来，还说'背叛摇滚'，变流行了；《丝绒公路》出来又是'背叛摇滚'。我也不知道摇滚有啥好背叛的，难道摇滚不就是用来背叛的吗？"

2008年，谢强在北京做了一场名为"爱从未离开"的演出，请Joyside和王啸坤一起演出。为了达到演出效果，他专门请舞美老师搭建了舞台造景，并且设计了影像视觉。所有这些行为的驱动力，大概都源于他对音乐表演和艺术实现的追求。

然而谢强没有想到的是，演完第二天，汶川大地震发生了，全国所有娱乐活动都被叫停。《丝绒公路》发片后几乎一片沉寂。但这张唱片并没亏钱，虽然当时唱片业已经不行了，唱片依然卖出了三万多张。

与本土的唱片公司不同，汉亚是一个有着明确商业思路的公司，也非常理想化。在与汉亚合作的这段时间里，谢强不仅有机会去跟不同领域的人交朋友（当时范晓萱、张震、周迅、舒淇等人都成了谢强的往来好友），他也开始与更多的商业品牌合作，这些合作改变了谢强此前对商业的一些偏见。"我当时已经感觉到，这个时代需要音乐气质的独特性，年轻人需要这个气质，有价值感的年轻品牌也会去寻找这样的人来合作，这是一个不可逆的趋势。而且作为音乐人来说，就是要漂亮。如果不是因为这些人漂亮，我不会爱上摇滚乐，就是这么简单。没有什么好避讳的。"

谢强早已认定自己所选择的方向："这个世界上没有永远的正确，只是我们各自错误的方向不一样而已。"

如今谢强回顾当时的批评和争议，平和了许多。"别人要建立自己的事业，他有他的看法，当他不太成熟的时候，他会产生一个不太成熟的看法，也不是故意想去伤害我，所以我就释然了。”至于为什么一次次背叛自己，“我是在追求有趣，”谢强说，“有趣是一个特别大、特别难的词。”

说到自己独特的音乐美学，谢强解释说：“所有的音乐人就像是走在路上，我突然看见脚底下有一块黑色的石头，因为缘分，我把它拿起来，觉得这个挺好的，就花了十年的时间在那儿雕这块石头，最后把这块黑色的石头打磨成了一个独一无二的物件。但不能期望每个人都会拿起同一块石头，都喜欢同一种颜色。”

7

旧城之王，不陷哀伤

与汉亚的合约终止后，谢强觉得国内也没有特别适合他的公司，就一直自己独立做音乐。他只身在北京游荡，北京独立音乐市场风云变幻，以 School 酒吧为中心的新生代乐队和生态圈逐渐确立起来。在 School，谢强被尊称为大哥，不仅因为他资格老，也因为他更潇洒，更自由任性。“走了那么多路，我一直控制着自己，不要做这个，不要做那个。现在我控制自己不要去做生意。我也不喜欢那些物质上的享受，房子、车子这些东西，我都不喜欢，我只想要独自待着舒服就行。而放弃那些不想要的，也不是为了让自己颓废，是为了更清晰、更有条理地去面对明天。”

Joyside 的主唱边远跟谢强说：“我们都是吉姆 · 莫里森的孩子。”谢强觉得自己当之无愧。为艺术而生，为纯粹的精神世界去燃烧生命，在当下这个时代，会被看作是一个“不正常”的人，但真正进入这个场域的人，就是这样。即便不再做乐队，谢强依然每天有八个小时以上的时间扑在音乐上。他说："这是我给自己的使命。"

2016年，谢强重新改编了自己1998年的作品《纯洁》，发布了个人弹唱版本的《纯洁2016》，他为这首歌做注脚："历经十年华丽灿烂覆灭的摇滚生涯，木玛平静地坐在某个漫天晚霞的黄昏里，放松淡然地拨起琴弦，唱起了一段熟悉的旧日旋律，那些收藏在内心深处多年的故事与爱，就缓缓流淌了出来。"

这首歌在网易云音乐积累了6400多条评论，乐迷的年龄跨度超过二十岁，大家在其中缅怀自己的青春、爱情。那些嫁接在*Feifei Run*、《纯洁》、《失去了她》、《如果真的恨一个人，那就是我自己》的旋律与歌词间，与时间一同隽永的成长记忆，虽然因为时光流逝而被尘封，却在谢强怀恋的旧日旋律中再次苏醒。

2018年，木马乐队成立二十周年之际，谢强创作了一首单曲《旧城之王》。这是很早以前谢强为自己的一个网络聊天室起的名字。他说"这首歌我写了二十年"，它是谢强对人生的一次回顾与总结。

这首歌的起点是株洲。当那个少年每天戴着耳机"用摇滚乐丈量和标记整座城市"的时候，他内心自负地说自己是这座南方城市的王——漫游的少年可以充分享受这座城市隐秘角落的魅力，他熟悉并支配着这座城市与他的关联，城市是他的宫殿，而不是旅馆。

但毕竟过去了二十年，即使是株洲之于谢强，也变得陌生和可疑。"过去每个城市都不一样，吃的不一样，穿着不一样，人的精神状态都不一样，每个地方都有很明显的差别。但现在这些特点都很模糊了，大家都说普通话，吃一样的快餐。"

那些拥有时代气息和意义感的事物被逐渐瓦解，"往昔已混沌，明日未思量”，“时代很潦草，不太关心了”，过去没有被偏激言辞打败的谢强，写下了“星崩月裂，充耳不闻，人们都在浪费，也没有他妈什么力量”这样的句子。

“它的所有句子，所有的搭建方式，都是从过去的东西里印证出来的，”谢强很满意这首歌的创作，“一小丢丢的负能量，一小丢丢的释然、开怀、无可奈何和‘去他妈的’都有了，把它们揉在一块儿。”《旧城之王》更像是被拽入破碎的当代生活汪洋里的人，想要尽力抓住浮标而不陷入虚无主义的挣扎。那种挣扎是潇洒的，为了自己坚守的东西，而对其他不屑一顾。

“我想知道在这个时代中自己是谁，但我不知道。可做音乐这件事情让我知道自己不是谁。我觉得无论怎样，只要这个人知道自己不是谁，就证明他至少还清醒。”谢强说。

（本文部分素材源自谢强做客郭小寒、相征主持的《大内密谈》播客第742期《内部众神、昔日舞步和旧城之王》。）

“旧城之王，不陷哀伤；
但见泥沼，纵身一跳；

淑女，君子翻墙；
已混沌，明日未思量。”

——木马《旧城之王》

1

2

3

4

木马 (muma) 1 *2000*	**Yellow Star** 2 *2003*
果冻帝国 (Jelly Empire) 3 *2004*	**丝绒公路** (Velvet Highway) 4 *2007*

痛仰

没有音乐，
生活将是一场错误

夏天侧记

“人的一生就像大海里的波浪，时常经历着起伏，如果一直在顺境之中，也没有什么意思，正是因为逆境的存在，我们的人生才会更全面一些，获得感才会更强。也许现实远没有我们期待的那般美好，但我们一定要努力成为更好的自己。”这是高虎在痛仰乐队《我们还会在一起漫步》这本书中写下的一句话，如今依然非常有力量。

从“痛苦的信仰”到“痛仰”，这二十多年来，痛仰乐队践行着过程比结果重要的“在路上”的历程。无论是早期的艰苦、愤怒，还是中期的和解，再到现在如传教士般的热忱……就像江水，其源头与上游水流湍急、汹涌澎湃，至于中游，渐入开阔和坦荡，最终在下游汇入大海。其间无数次与其他溪流汇于一处，又无数次分为支流，各自流向远方。

摇滚乐可以改变的首先是个人，进而是这个世界。

摄影 © 张扬

1

不愿过模式化的人生，我们的自由是被发了芽的

高虎出生在新疆一个叫甘河子的小镇，父母在20世纪60年代因为支援边疆建设从江苏来到这里。甘河子如同沙漠中的驿站，高虎在那里度过了孤单自由的童年。10岁时，他又跟父母回到了江苏淮安，转了几次学。初二那年，家里担心高虎的成绩考不上重点高中，找关系给他留了一级。1989年，高虎考上了一所非重点高中，家里人又担心他未来的工作，替他做主报了个化工技校。从此，高虎进入了青春叛逆期，在技校上学和在化工厂的时候，总是混迹于录像厅、台球厅、游戏厅……整天无所事事。也是在这个时候，高虎听到了Beyond，开始练习弹吉他，和淮安的哥们儿组了乐队，演奏一些他们喜欢的乐队的作品。

1993年，虚岁即将20岁的高虎不想只在化工厂上班，他想先去深圳挣一点儿钱，将来去北京迷笛音乐学校。而工厂的一次化工品爆炸，导致工厂停产整顿，高虎索性在这个时间点离开老家去深圳打拼。

至于在深圳打工的日子，高虎苦笑“就是各种被骗”，这也让他彻底弃绝了工厂流水线的生活方式。但这种生活上的阅历和沉淀，也在一定程度上影响了痛仰日后的创作。在关于痛仰的纪录片《之时》中，蜗居在树村平房的高虎说：“我不愿意过流水线、模式化的人生。”1997年，高虎说服父母，背起吉他，踏上了去迷笛音乐学校的求学路。此时的迷笛音乐学校已完成学制改革，开始招收两年制的学生，毕业后可以获得一纸文凭。高虎在北京

迷笛音乐学校主修吉他，学号 001。同级的很多同学及其参与的乐队在后来成为中国摇滚乐的中流砥柱，夜叉乐队的胡松，木推瓜乐队的宋雨喆，声音碎片乐队的李韦……不胜枚举。

高虎在学校的时候想当一名主音吉他手，当时他觉得当吉他手更释放、更帅，“那会儿最牛的乐队都有一个最牛的吉他手，那是一个吉他英雄的年代”。但 1999 年当高虎自己成立乐队，准备做第一张唱片时，他就不弹吉他了，那时的他对炫技的 solo（个人表演）已无兴致。

张静也是 1997 年来到迷笛音乐学校学吉他的。张静是南京人，与高虎算半个老乡，来迷笛学校的第二个月，他俩就搬进一个宿舍成了室友，因彼此欣赏对方的性格和才华，关系越走越近。高虎说要和张静一起组个乐队，张静就从学吉他改成了学贝斯。

1999 年，很多摇滚音乐人、乐手从迷笛音乐学校毕业后，集中生活在北京西北五环的一处叫树村的地方。那儿既有来自全国各地的音乐人，也有北京的一些乐队。高虎和张静在树村组建了“痛苦的信仰”乐队，高虎是主唱，张静是贝斯手，当时的鼓手是张冰，“夜叉”的李豫川是吉他手。同时期说唱金属风格的乐队还有夜叉、扭曲的机器、病蛹乐队等。

20 世纪末至新世纪初，是国内摇滚乐的低潮时期，坚持玩儿摇滚乐很多时候意味着要经受外界精神上的排挤以及物质生活的匮乏。在树村，摇滚乐手们的生活通常很艰苦，但大多数人保持着自己的特立独行。2000 年，独立导演孙志强拍摄了纪录片《自由的边缘》，记录了彼时树村摇滚音乐人的生活场景。在这部纪录片里，有高虎在地下通道卖唱的情节。那时为了多一些生活历练，也为了练习不怯场地面对观众，高虎主动尝试在地下通道卖唱，这还是需要一定勇气的。高虎第一次去就挣了一些钱，唱

的就是摇滚歌曲。不过后来再去，之前那条地下通道因为有别人在唱，他只能换个地方，从此他的卖唱生涯就惨淡无比，也就彻底放弃了。

“痛苦的信仰”这个名字，反映了高虎在精神上的诉求：“我们很多搞音乐的，真正追求的是精神上的公平、真实和自由……”

“痛苦的信仰”所坚持的自由是什么？在他们早期的采访自述中我们得以管中窥豹：“家里好多人觉得我们的想法特别怪，不切合实际，很多人不理解，我们也不愿意和别人说。没什么朋友，受到家庭、学校、工厂和社会的……好多情绪都埋在心里，积压久了，真的就想发泄。”

年轻与不忿，在经历了对世界的认识并参与其中之后，由此产生表达的欲望——可以被概括为“痛苦的信仰”乐队诞生之初的音乐内核。2001 年“痛苦的信仰”乐队签约嚎叫唱片，发行了第一张专辑《这是个问题》，其中很多歌的主题是争取自由，歌曲的情绪是愤怒的。用他们的话表述，这张专辑传达了一些更直接的，更短、平、快的内容。

“如果说火车是自由的，它的自由只是在铁轨之上。”“痛苦的信仰”想要挣脱的是他们既往生活的铁轨。“我们要选择批判的意思、反抗的意思、愤怒的意思，因为我们的自由是被发了芽的，软弱正腐蚀着我们。”对他们而言，与主流的生活方式不相容而引起的不被理解、边缘化，是他们愤怒的原因；世俗的生活期待与他们生活选择之间的落差，以及由此产生的对错评判，是束缚他们的枷锁。虽然是在做乐队，并签约了公司，但唱片的收入和零散的演出依然不能为基本的生活提供保障……这也是个问题。

二十年后，再回忆那个阶段，张静说：“很多事情过去就过去了。有时候孩子在睡觉，我在隔壁房间弹琴，忽然翻到以前的照片，回想起过去，会意识到‘哦，是这样的’，会反思那个时候的我们。现在看来，任何时候生活都会有很多不满，有很多限制，但是一味地抱怨，会很压抑，很累。”

“但不管经历了什么，以前太美好了——那些好的或者不好的，都过去了、解决了。”高虎说。

2

重要的不是结果，而是过程

2006年，“痛苦的信仰”乐队发行了迷你专辑《不》，并使用了哪吒作为迷你专辑的封面和乐队的视觉符号。在这张迷你专辑中，除了愤怒与对抗，也出现了《坚定的信念》和《生命中最美丽的一天》这样沉静、温柔的器乐曲。高虎说：“《这是个问题》的音乐特别粗糙，也有很多模仿，但《不》是刚柔并济的。”相比《这是个问题》，在《不》这张迷你专辑中，增添了高虎和乐队更多的思考和体验，比起口号更具有娓娓道来的细腻。

在树村的后期，高虎偶尔会去小河家参加颜峻组织的派对，赵老大（赵已然）、吴吞、老柳（柳玉武）……很多人在一起玩儿琴，“大家的风格不一样，但是不会说谁踩谁，都是无拘无束的”。围坐一起，众人传一把琴轮流即兴，“他们好多是西北人，有人弹《流浪汉》就一起合唱，特别恣意。但到了我这里，我就不行了，我放不开，特别尴尬”。在大家的相互影响下，高虎慢慢转向了民谣、世界音乐、雷鬼这样更多元的曲风，“一人一琴，随时可以打开，这种状态特别好”。

当时，颜峻推荐的《达摩流浪者》在乐手中广为传阅，高虎自然而然地接触到“垮掉的一代”，开始成为凯鲁亚克的信徒。在 2006 年发行的《不》中，就有《在路上》这首曲目。同年发行的万晓利的专辑《这一切没有想象的那么糟》中，也有《达摩流浪者》这样的歌曲。此外，在《不》的制作名单里，会发现张玮玮和郭龙以手风琴、打击乐和和声的角色受邀参与其中。

凯鲁亚克有一句话，高虎说一直非常欣赏——“重要的不是结果，而是过程。”那时开心乐园酒吧歇业了，高虎常去一个学人类学的朋友家中，“他家里有很多世界音乐的碟，他还把这些音乐分了类——南美的、非洲的、中亚的、西亚的……我们在一起听呼麦是怎么回事，这些对我影响都很大”。

2005 年，高虎看了黑旗乐队的自传《上车走人》，深受触动。“我觉得我们本应该是树村里第一支进行全国巡演的乐队。”当时木马乐队和废墟乐队已经举办过各自的全国巡演，“我们得先做完一张唱片，然后再去巡演。”

这张唱片就是后来的《不》。发专辑是一项系统工程，当时专辑的歌曲制作出了岔子，只做好一半的歌。没办法，原计划的专辑只能改成迷你专辑发行，“《不要停止我的音乐》里的几首歌，本来应该是《不》里面的”。

2006 年，在 798 艺术区里做完专辑首发演出的第二天，痛仰乐队开始计划 50 座城市的“在路上”主题自驾巡演。因为出发前受伤，鼓手大伟没有参与这次巡演，痛仰在网上招募，找到了新的鼓手杨一郎，开始了“在路上”的巡演。巡演历经 60 多天，经过北京、上海、广州、重庆、武汉、安阳、杭州等城市，最密集的时候几乎每天都要赶路与演出。如此长时间高压下的共处与合作，经历的一切都是未知和新鲜的。据高虎后来回忆，那次巡演是“满怀豪情地出去，最后多少有点儿心灰意冷”。

3

静坐常思己过

从 1999 年乐队成立之初，“痛苦的信仰”乐队一直在理想主义色彩中坚持着自己的梦想，但也经历过低迷的时刻，并且遭遇了各自的年龄危机。

2006 年的巡演结束后，张静去了厦门，在曾厝垵生活了一段时间。高虎像达摩流浪者一般，独自完成了一趟途经新疆、西藏、尼泊尔和云南的旅行。在路上他有很多见闻和感悟，通过旅行的方式，扩大了对世界的认知边界。“走的地方越多，越发现自己是一只井底之蛙，我一厢情愿地以为树村之外也都是摇滚乐的世界，但不是——我错过了很多美丽的风景。”

回到北京后，2007 年初，高虎与初恋女友分手。家里和朋友也出了一些意外的事故。原本合租在一起的张静此时也和高虎分开了。张静是在大年三十那天默默离开北京的，与乐队成员不告而别。高虎后来反思说：“张静是一个感性的、情商很高的人，但我脾气很差，一些无意识的举动可能伤害了他。在乐队里我很专制，就是那种‘我是对的，你们照做就行了’的人。”

张静说，自己的离开单纯是因为内心对现实生活的无所适从。巡演结束后，他的状态就开始低迷，不想弹琴，也不想做任何事。离开的那一年，张静一半时间去了大理生活，也经常在丽江和束河的酒吧弹贝斯；一半时间去了厦门的曾厝垵，在朋友的小客栈里，面对大海，身心放空地发呆，静静地生活。

来自河南新乡的宋捷，在北京时一直追求躁动的音乐风格。2006 年宋捷相依为命的姥姥去世，他便去了云南生活，并创作了《在小时候的黄昏见》这张迷你专辑，风格上渐渐舒缓温暖起来，朋友的温暖、家人的关爱和曾经的爱情都记录在这张迷你专辑里。在大理，他和张静两个人经常一起爬山、玩儿音乐，一见如故，互相照顾。2006 年底，张静给宋捷打电话，把宋捷从大理叫了回来，正式加入痛仰乐队，当时的宋捷只有 22 岁。

没想到的是，宋捷加入乐队不久，就要面对张静的突然离去，他不知如何是好。早在霍营的时候，张静就经常照顾这个 20 岁出头的小兄弟。他回忆：“我当时特别难受，他说他已经离开北京去了南方，现在在厦门。我心里责怪张静，他把我拉进乐队，但自己又离开了。那种感觉就像是《异乡》里的歌词——‘一个人的舞蹈在歌唱’，乐队原子化了。在当时，乐队的每个人都挺难受的。”

而对于留在北京的高虎，此时的处境也非常被动。他一度以为乐队要解散了，因此不愿意面对现实的种种问题，就把自己关在家里，连自己的 MSN 签名也改成“闭关”，就此自我隔离了大半年时间。

“在我最低谷的时候，有两个人找过我，一个是 AK-47 乐队的李四伟，一个是声音碎片的吉他手李韦——我和李韦在迷笛的时候住在一个宿舍。这两个‘Wei 哥’，在那段低谷期给了我很多鼓励。”

后来，高虎搬到了通州，住处靠近李韦的家。平时哥儿几个可以有所照应，不再老是一个人自闭的状态。有一次，高虎去朋友家散心，朋友送了高虎一本佛教小册子，就是寺院中随意取阅的那种小书。高虎翻开书看到的第一句话是“静坐常思己过”。高虎一下蒙了，他反思自己在乐队唯我独尊的行为，反思自己说话、待人的方式，“一本劝诫大家不要伤害别人，要与人为善的小册子给了我很大的启发”。

后来，高虎陆续接触了一些佛教方面的知识，渐渐走出阴霾，每天弹琴、练瑜伽，上网看、听国外新乐队的作品和演出，也慢慢再次开始了新作品的创作。他学习用电脑上的音乐软件制作、上传作品，一点点完成了《不要停止我的音乐》这张专辑的创作。“在最艰难的时刻，我不是没有想过放弃，但想到我最初来北京的时候，为音乐放下了其他所有东西，所以我不能再轻易放弃了。”高虎说。

张静在大理时，收到了宋捷从北京寄来的《不要停止我的音乐》这张专辑。听完后，张静哭了，那张专辑里大部分的歌是 2006 年巡演时他们在路上创作出来的，那些美好的回忆瞬间涌进脑海。昔日路上的颠簸劳累和乐队成员彼此间的火花碰撞，全都化成了诚实又动人的音乐作品。

2008 年，张静回到北京。他说想回归乐队，高虎毫不犹豫地说：“来吧！乐队的大门一直向你敞开。”他俩一起吃了一顿饭，把彼此淤积的一些怨念坦诚地释放掉，这段插曲就这样结束了。高虎说自己从没问过张静为什么离开，从树村走出来的乐队都知道维持稳定有多难，又有多少好的乐队因为人员问题一拍两散。想通了这些，接下来的路好走了许多。

4

不要停止我的音乐

2008 年，乐队发行了专辑《不要停止我的音乐》。这张被许多乐迷称为“中国摇滚乐分水岭和转折点”的专辑，作品全部取材于乐队成员 2006 年巡演时的那些真实的生活感受，很多作品都来自大家在路上时积攒下的灵感和创作动机。其实从《不》这张迷你专辑开始，痛仰就在变换不同的音乐表达。当时，在录制这张专辑的过程中，因为宋捷的加入，他那独特的吉他演奏方式，为这张专辑增加了丰富温暖的音乐色彩。

《不要停止我的音乐》在发布后引起的争议与赞誉同样多。一方面老乐迷觉得痛仰不再愤怒，“背叛”了摇滚乐；另一方面，这张专辑也为痛仰打开了局面，收获了更多的观众和演出机会。对乐队来说，进入了更加良性的发展状态。

面对质疑，高虎表示：“乐队的心境已经不是当初做《这是个问题》时的心境了，如果我们为了保有乐迷而违心延续那种风格，那才是不摇滚。”

在创作《不要停止我的音乐》时，高虎也在人生这场旅行中打开了自己的局面。正如2007年高虎朋友送他的一幅画背面所写的那样，“幸福是平静”，高虎在闭关期间听到了更多好的音乐作品，在创作上更偏向于现实主义风格，愿意做更多人听得懂的东西。低潮期的过渡，也让他对生活充满了真诚和美好的感情。

就像歌迷至今仍津津乐道的——《不》那张专辑的封面是哪吒横剑自刎、重获新生，到《不要停止我的音乐》，封面上的哪吒变成了双手合十的样子——痛仰自身心境的转变是自觉完成的。利刃藏于鞘，并不是对摇滚的背叛，而是他们的音乐和状态走向了更开阔的地方，有了更包容和多元的力量。

《不要停止我的音乐》在当时的网站上引发了网友的大量论战，当时乐迷对这张专辑可能不够理解，但随着时间的推移，后来越来越多的乐迷觉得这才是他们喜欢的音乐。“很多人去现场

摄影 © 灰色

是为了发泄、感受，这种风格的变化没必要分析得特别深。我现在只是在描写我的人生，你愿意和我一起，那就一起吧；你不愿意，那也没必要非要和我一起。”面对大家对痛仰的风格由重型音乐转向抒情和内敛的讨论，张静解释道。

5

希望成为摇滚乐“传教士”

在高虎的右臂上，文着凯鲁亚克在《在路上》中的一段文字：“Live, travel, adventure, bless, and don't be sorry.”（精彩地活，不停地行，大胆冒险，心怀感激，不留遗憾。）高虎和痛仰一起，以自己的生活践行着这句名言。2015年，吉术斋跟拍了痛仰的大巴巡演，并制作成纪录片《不期而至》。在片头，高虎有一段独白：“你看到那样的天啊，那样的云，你嗅到那样的空气，那些东西在你一成不变的、日常的轨迹里面，它出现的频率不是那么高，你在一个特别躁的时候很难去领会。人是感性的、感知的动物，不是说一味地软或者弱，他可以有这些东西，但他也有刚硬强劲的一面，我觉得这才是一个完整的人。”

2009年之后，巡演成了痛仰乐队生活的一部分。在云南旅行的时候，高虎在山村中参观过一间教堂，遥远的西方文明经由传教士把信仰、西医、咖啡甚至葡萄酒带到中国西南腹地，他们试图改善当地人的生活、赢取当地人的信任，以使他们信仰自己所秉信的上帝——他们在一定程度上成功了。这给了高虎极大的震撼，他说：“我喜欢上摇滚乐，也是因为机缘巧合接触到了‘打口带’。如果没有摇滚乐，我的人生可能完全是另一种模样，我受惠于此。我想把我认为好的东西带给更多的人，就像通过助人来传教的传教士们一样——我觉得这会特别美好。”

“爱永远不会离我们而去。”这是鲍勃·马利（Bob Marley）的名言，通过巡演，传递自己“爱与和平”的信仰，痛仰希望自己成为摇滚乐的“传教士”。2014年，乐队发行全新的专辑《愿爱无忧》，同时开始广泛地参与公益与慈善活动。“我觉得是应该的，有多大能力做多大的事情，那么多人听你的歌，真的有人二十年听着你的歌和你一起成长，对我们来说也觉得特别幸运。”

在后来的许多次巡演中，他们所期待的美好真的发生了，而且不止一次。在张静的记忆里，2015年巡演时，一位歌迷在签售时递上一张2006年“在路上”巡演的门票票根。有人依然珍藏着他们九年前巡演的门票，这让张静感到吃惊，又感到温暖。“我们在一起聊天，九年前他还是个学生，九年后已经成家立业，有了孩子。我没想到我们真的会影响一个人这么久，我们的音乐持续陪伴着他从男孩儿变成父亲。在南昌我们还见到一个比我还年长的大哥，说每次都会来看我们。这时更觉得，再多的叫嚣、说辞，意义都不大。所谓的社会责任感就是在这个体系中，他们是你的伙伴，伴随着你成长，当你有能力的时候，相应地也要回馈他们，仅此而已。”

在2020年疫情期间，痛仰乐队向武汉市新冠肺炎防控指挥部捐款100万元，寄语：“新的一年，过个好年，愿爱无忧。”随后又许诺拿出2020年的第一份收入——数字专辑《过海》实际收入的50%，助力有需要的音乐人共渡难关。在此之前，他们已经打算将另外50%的数字发行收入用于关爱抑郁症患者的公益项目。

6

痛仰的音乐是一座桥梁

2019年，痛仰参加了《乐队的夏天》，在“1对1改编战”阶段，乐队得分落后进入待定名单。回忆当时的情况，宋捷说：“大家相互鼓励了一下，然后谁也没说啥就各回各家了。”参加国内首档乐队综艺，痛仰的成员置身其中也会怀疑自己，“凶险的地方，好的地方，都有”。

张静觉得《乐队的夏天》没有节目脚本，连服装都是自己穿自己的，非常真实。“用最好的灯光、舞美展示给大众一个最好的摇滚乐标本——我觉得这是比较值得赞赏的地方。”

“乐夏”结束后，高虎第二天就去朋友家里学习电子乐的制作，这事儿他没和乐队其他人讲。“从那以后，有一段时间我就迷上了电子乐制作，演出的间隙、奔波的路上，我都会把时间拿来研究和学习。”

学习的成果，便是痛仰在2019年12月发行的《过海》，没人想到这张“采样拼贴”的电子乐专辑是高虎悄悄完成的。在专辑介绍中，高虎解释：“这是一张电子乐专辑，跟摇滚乐无关，它只是代表摇滚音乐人对不擅长领域初生牛犊般的尝试。这也是一张在不断的自我否定中完成的唱片，它不代表任何方向，只是源于某个阶段好奇心的自我唤醒。”

以前，高虎觉得猫王（Elvis Presley）、鲍勃·马利、红辣椒的歌太软，直到在旅行的路上渐渐体悟到其中的美妙才奉为挚爱。他也一度不喜欢鲍伊，“是我媳妇喜欢听，不断给我‘安利’，后来我一听，*Space Oddity*（《太空奇遇记》）、*Starman*（《星侠》）……确实好听”。及至现在对电子乐态度的大转变，高虎说这些都是“不断前进，不断打开”的过程。

如今痛仰乐队成员定居在不同的城市。高虎住在杭州。曾经有几年他每天用一小时来抄经，这是为了让自己养成一个固定的习惯，因为他觉得自己太不定性了，顺便学习、汲取些养分，儒、释、道都抄。后来不抄了，就把每天的这一小时用来学英语。高虎依然喜欢从“垮掉的一代”演变而来的嬉皮士文化，当时的嬉皮士们对东方文化充满向往，推崇寒山、拾得和竹林七贤。高虎也在践行着自己对东方文化的认知。他如今生活平静，平时会做家务，买菜做饭，陪伴家人，边玩儿边学习，然后保持一定频率的外出旅行，去大理，去五台山拜访出家的朋友。春节期间，他去绍兴拜访万晓利。看到万晓利的工作室和他严谨自律的生活工作状态，高虎和朋友说：“我都惊了。”同样是禅，高虎谦虚地打趣：“我是馋晓利的禅意。”

张静、大伟和宋捷也都有自己的家庭生活。在纪录片《不期而至》中，宋捷曾说：“本来想贷款买房子，但觉得还贷的压力会影响自己创作，就放弃了。”五年过去了，宋捷说：“放松和平静是自己想要达到的状态，但仍然会有对生活的担忧和恐惧，我想要做到放松、无惧无畏，每天努力管理好自己的情绪，无论发生什么都学会接受。”

鼓手大伟曾说：“痛仰的音乐是一座桥梁。”相比乐队的其他人，大伟算得上队里的活宝，幽默好动、情绪外放，喜欢发微博、抖音。他喜欢给乐队拍视频做记录，“音乐节现场、百城巡演、大巴巡演，我录的视频得有 6 个 T 左右。虽然很多时候我们有跟拍的纪录片团队，但无论是从捕捉的角度，还是对具体事件的理解，我和摄影团队的视角还是不一样的。素材拍完我都会整理，哪年哪月哪日哪一站在什么地方演出，我都做了标记和归类。有时候也想剪一剪，弄出个片子，但剪辑又是个大工程”。他用镜头观察大家，为乐队记录并保存下影像资料，表现出粗中有细的一面。

随着年龄增长，乐队的成员们先后步入婚姻，已经有了两个孩子的大伟回忆：“从前一个人吃饱全家不饿，是一个独自生长的阶段。后来结婚生子，又长大了一点儿，体会到那种和家人在一起时，才会有的期冀、恐惧和忧患。生活的重心除了打鼓、做音乐，就是家人，内在变得更加有力量。”

在大伟的描述里，成立超过二十年的痛仰，队员之间的情谊早已超越了普通的友谊，宋捷概括之：“没什么解决不了的问题，大家在一起很久了。”回顾超过二十年的乐队生涯，高虎说：“总要有人往前蹚着，我年轻时候做的一些事儿，尽管莽撞、傻，但我不后悔；如果没做，肯定有很多遗憾。”

在痛仰乐队《改变你的生活》这首歌里有这样一句歌词：“如果没有桥梁和温暖的天空，世界又怎么会是我们的舞台。”这支曾经愤怒和反抗的乐队，也逐渐找到了更智慧的方式，去解决现实中的诸多矛盾和问题。他们的愿望是让大家更好地生活在一起，让这个世界变得更美好。

“

承诺不是我想要的承诺
要的疑惑；华丽的外衣
但请不要停止我的音乐

摄影 © 王哈

惑是我不想
都会褪去，”

摄影 © 灰色

——痛仰《不要停止我的音乐》

1

2

3

4

5

6

7

这是个问题 (This's a Problem) 1 *2000*	不 2 *2006*	改变你的生活 3 *2009*
盛开 (Bloom) 4 *2010*	不要停止我的音乐 (The Music Won't be Stopped) 5 *2016*	愿爱无忧 6 *2016*
今日青年 7 *2017*		

达达

时光不会倒流，
人生却有重逢

夏天侧记

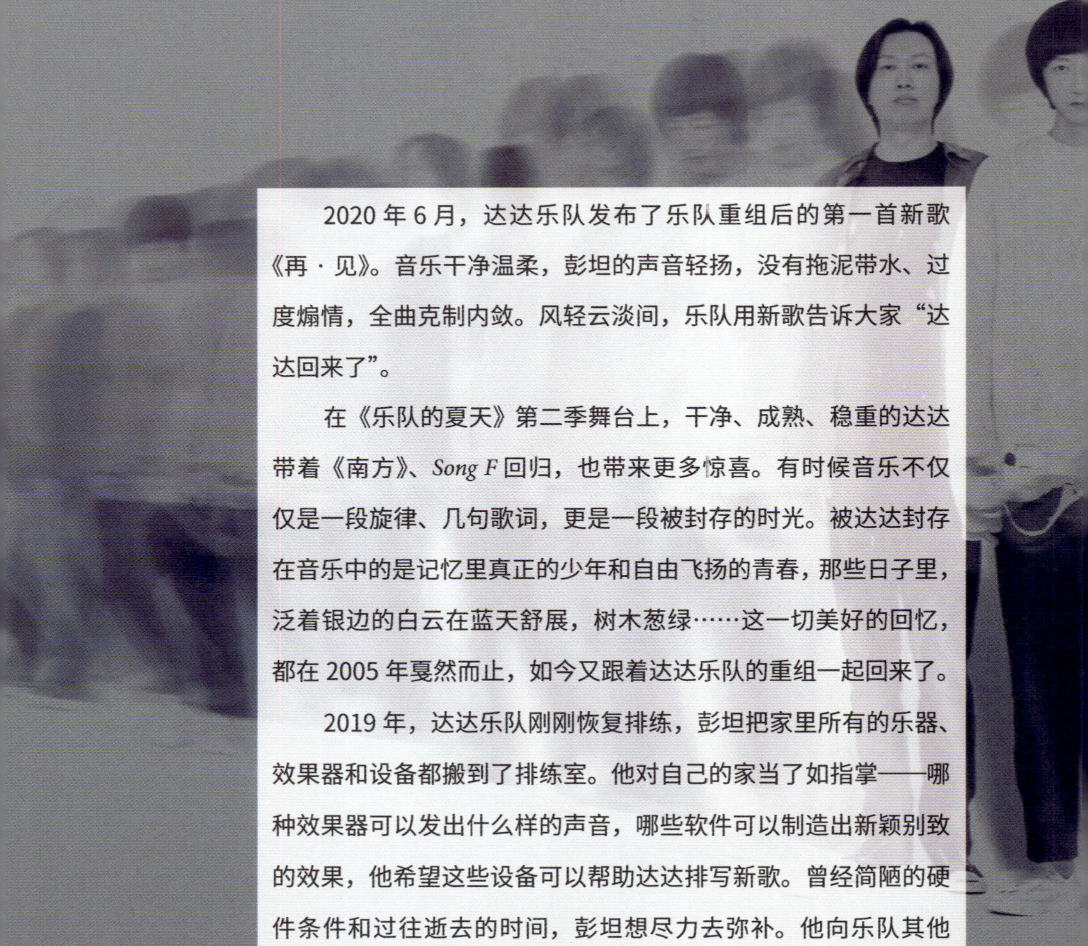

2020 年 6 月，达达乐队发布了乐队重组后的第一首新歌《再 · 见》。音乐干净温柔，彭坦的声音轻扬，没有拖泥带水、过度煽情，全曲克制内敛。风轻云淡间，乐队用新歌告诉大家“达达回来了”。

在《乐队的夏天》第二季舞台上，干净、成熟、稳重的达达带着《南方》、*Song F* 回归，也带来更多惊喜。有时候音乐不仅仅是一段旋律、几句歌词，更是一段被封存的时光。被达达封存在音乐中的是记忆里真正的少年和自由飞扬的青春，那些日子里，泛着银边的白云在蓝天舒展，树木葱绿……这一切美好的回忆，都在 2005 年戛然而止，如今又跟着达达乐队的重组一起回来了。

2019 年，达达乐队刚刚恢复排练，彭坦把家里所有的乐器、效果器和设备都搬到了排练室。他对自己的家当了如指掌——哪种效果器可以发出什么样的声音，哪些软件可以制造出新颖别致的效果，他希望这些设备可以帮助达达排写新歌。曾经简陋的硬件条件和过往逝去的时间，彭坦想尽力去弥补。他向乐队其他成员讲述自己对新歌的设计和期待，询问其他成员对新歌的意见，希望大家放下以前的习惯，尽可能以开放的心态去创作新的音乐。

“他的步子迈得太快了。”吴涛想让彭坦冷静下来。自从达达

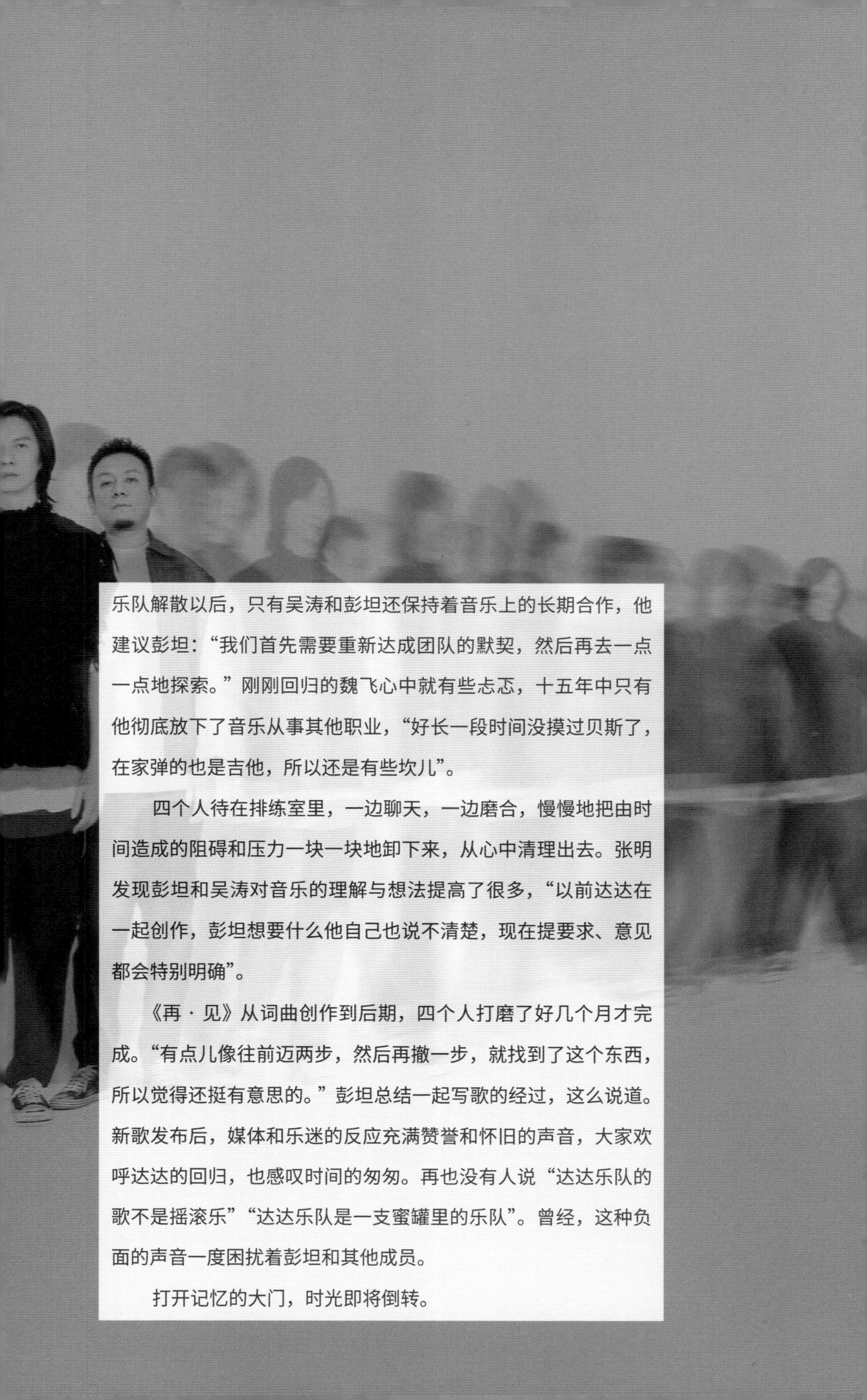

乐队解散以后，只有吴涛和彭坦还保持着音乐上的长期合作，他建议彭坦：“我们首先需要重新达成团队的默契，然后再去一点一点地探索。”刚刚回归的魏飞心中就有些忐忑，十五年中只有他彻底放下了音乐从事其他职业，“好长一段时间没摸过贝斯了，在家弹的也是吉他，所以还是有些坎儿”。

四个人待在排练室里，一边聊天，一边磨合，慢慢地把由时间造成的阻碍和压力一块一块地卸下来，从心中清理出去。张明发现彭坦和吴涛对音乐的理解与想法提高了很多，“以前达达在一起创作，彭坦想要什么他自己也说不清楚，现在提要求、意见都会特别明确”。

《再·见》从词曲创作到后期，四个人打磨了好几个月才完成。“有点儿像往前迈两步，然后再撤一步，就找到了这个东西，所以觉得还挺有意思的。”彭坦总结一起写歌的经过，这么说道。新歌发布后，媒体和乐迷的反应充满赞誉和怀旧的声音，大家欢呼达达的回归，也感叹时间的匆匆。再也没有人说“达达乐队的歌不是摇滚乐”“达达乐队是一支蜜罐里的乐队”。曾经，这种负面的声音一度困扰着彭坦和其他成员。

打开记忆的大门，时光即将倒转。

1

浮出水面

1999 年，随着吉他手吴涛的加入，达达乐队形成了维持至今的稳定阵容。而吴涛的加入，一定程度上把原本倾向于发展成朋克乐队的达达拽到了独立流行的方向上。

在吴涛加入之前，年轻气盛的达达在音乐风格上一直追求更“躁”一些，如同当时武汉的很多乐队都选择了朋克的音乐形式一样，彭坦从内心认为自己是一个有朋克精神的人：“我和飞飞，原本家里的规划都是去单位上班，但我们都违逆了父母的安排。虽然我们的音乐风格比较难界定，但当时的生活状态我们就是几个朋克。”在彭坦的记忆中，乐队当时的作品听起来都比较尖锐和躁动，比如《轰炸机》，以及后来收入达达乐队首张专辑《天使》里的《荒诞》。

而吉他技术过硬，又擅长编曲的吴涛加入乐队后，改变了当时乐队大三和弦一按到底的状况，达达的音乐开始变得丰富且旋律化。彭坦本身的唱腔干净、慵懒、随性，也为乐队带来了不一样的色彩。达达在重金属和朋克二元制霸的武汉摇滚乐圈子中显得特立独行，他们不属于也不乐于浸淫到任何一个圈子之中，只是把功夫都用在打磨自己的作品上，四个人在一起磨出了《天使》的小样（demo）。魏飞至今记得刚做好小样，彭坦就和他说：“飞飞，这张没问题了，等专辑做出来，我们就去全国巡演。”

原本达达乐队计划把专辑制作成磁带，然后效仿当时其他的一些摇滚乐队，带着磁带去全国各地的酒吧巡演，但这个计划并没有实现。随着专辑小样被朋友传到当时北京华纳唱片总经理许晓峰和音乐总监宋柯的手中，乐队的未来拐到了另外一个走向上。

听过小样的许晓峰和宋柯非常惊喜，认定达达是一支不可多得的好乐队，他们立刻飞到武汉，邀请乐队签约华纳。不过这个过程并非一蹴而就，乐队的四个人对签约大唱片公司这件事没有任何心理准备，对未来也没底。彭坦当时想到的是如果签约就不能带着磁带巡演了，没法像其他成名的独立摇滚乐队一样执行“摇滚在路上”的信念了。而年纪稍长，经历也更丰富的张明与吴涛觉得，“摇滚在路上”这件事可能只是乐队的一种想象，真正出发后可能并不会如想象中一般美好，与其等到那时候在失望中懊悔，不如当下就与华纳签约。

即便听了乐队成员的建议，彭坦心中依然有留恋，摇摆不定。宋柯找他单聊，许诺签约后乐队可以找最好的录音棚和设备，找最好的录音师来录专辑，公司不会有任何限制。彭坦问宋柯，如果录专辑自己想弹芬达（Fender）[1]能不能实现，宋柯全都答应了。最终，达达乐队与华纳唱片的盛大签约仪式在武汉音乐学院举办，老狼、朴树都飞去站台。达达乐队接受了命运过早抛来的橄榄枝，成为内地首支，也是唯一一支签约全球五大唱片公司的摇滚乐队。

“看见地平线，永恒的天地之间，远远风吹过来，梦想就在那一边。”2000 年 6 月，达达乐队启程前往北京，在一路向北的列车上，四个人心中充满了后来《浮出水面》这首歌中的期待与憧憬。

1　芬达是美国知名乐器品牌。

2

看看你的模样，天生就是明星

2000年底，达达乐队首张符合唱片工业制作标准的正式专辑《天使》发行。这张由超载乐队主唱高旗担当制作人的专辑，在当年拿下包括中央人民广播电台“中国流行歌曲榜”最佳乐队和最佳新人等奖项在内的15个奖项，达达乐队一举成名。

《天使》里大部分的创作源自他们在武汉时期的积累，有着青春期饱满的情绪，反抗、坚守、不满，但进入主流的达达乐队，在传播话术上还是被定义成了一支年轻、有活力的流行偶像乐队。在彭坦的记忆中，从2001年到2004年那三年，“乐队无论去哪里参加活动，歌迷都非常狂热。尤其是和朴树、老狼一起参加全国巡演的时候，印象特别深，大家都觉得自己成了明星”。

虽然采访、演出、商业活动的邀约纷至沓来，但初来北京的达达乐队还是不太适应这么快就进入所谓的名利场。专辑中的《节日快乐》这首歌被公司选为主打歌，年关将至，歌曲和MV在海内外各电视台强档音乐节目中热播，各地的商场中也播放着这首听起来欢快热闹的歌。这首对少不更事的傻乐表达讽刺和不屑的歌，居然被真的当成了当年的“节日快乐”歌，没有人琢磨歌词，这让彭坦揪心。在部分乐评文章及主流市场的引导下，乐队的发展似乎偏离了达达的期待——作为摇滚乐队的达达在舆论的覆盖下，被定位成为一支甜腻、流行的偶像乐队。

与镁光灯下的风光形成落差和对比的，是私人生活空间。作为土生土长的武汉人，达达乐队几位成员刚到北京，说话仍然带

着浓重的湖北口音，彭坦一度照着港台电视剧练习普通话，觉得这样可能以后交流更容易一些。他们在北京也没有太多的朋友，21 世纪初，北京地下摇滚圈风起云涌，开心乐园、豪运等酒吧里每周都有丰富的演出，彭坦也经常去看演出。当时脑浊乐队和张浅潜的演出都令他印象深刻。虽然喜欢这些同样生活在北京的音乐人和乐队，但通常在看完演出后，彭坦就会直接离开，并不上前搭讪。

作为一支签约后才来到北京的乐队，顶着“地上乐队”的光环在当时普遍野生和单干的摇滚乐圈子里多少显得格格不入。

“实际上从各方面来说，我们都不具备混圈子的条件，首先我们成员的性格都比较含蓄，当时对北京也不熟悉，对北京的圈子并不真正了解；其次因为公司的限制，我们也不可能和这些音乐人一起去拼盘演出，或者做一些合作。”

工作与生活之间的落差让达达乐队的成员感到非常分裂。同时，乐评人和摇滚乐媒体向达达的作品和气质开炮，指责他们的歌太过流行，没有摇滚精神。这些言辞也让彭坦感到压抑和被曲解，有很长一段时间，宅在家里打游戏成为彭坦避世的出口。直到大家决心做一张专辑来证明自己，扭转所有关于达达乐队的误读。

3

黄金时代，也是黑铁时代

“我觉得我们的音乐不是那么肤浅，《天使》里有我们音乐的深度，有我们的深刻，有我们的严肃，如果大家看不到，我们就再做一张更好的。”

为了再次证明自己，达达乐队开始了第二张专辑《黄金时代》的创作。写歌的过程仍然是关起门来慢慢磕，慢慢打磨。为了写出一首全员满意的作品，乐队成员之间也都彼此较劲，在正常的排练中，时常因为分歧而排不下去，大家互相黑脸，场面一度不太愉快。

在同名曲《黄金时代》中，彭坦形容那段时期——“这股空气让人觉得难以呼吸，就像身上粘着一张撕不开扯不断的网，我似乎已经成了你的俘虏，惊慌地想拼命留住最后一丝幻想……”就是这样一点一点地磨合，达达最终写完了《黄金时代》中的 11 首歌曲。

“到了制作的时候也花了很多心思，某种程度上我们为了实现自己在音乐上的想法，甚至牺牲了专辑的商业性。”张明说。

这张专辑，达达乐队想更自主地呈现乐队的想法，他们决定自己做专辑的制作人。毫不夸张，《黄金时代》是一点点熬出来的，乐队几个人几乎天天在一起——录吉他的时候张明在一边监听，录贝斯的时候吴涛监听，录唱的时候除了彭坦其他人一起听。大家一起制作，录音的周期因此变得很长，几乎贯穿了整个秋天，一直等到冬天到来。

在自己担纲制作人的经历中，一点点摸索软件、硬件，也是学习的过程，这个过程启发了吴涛后来转行专门从事音乐制作，而《黄金时代》这张专辑也呈现出了与众不同、超越时间的气质，至今都非常动听。吴涛说现在依然满意《黄金时代》，“因为你找不到可以参考的东西。我老说这张专辑好，是因为它没有那个时间的年代感，它的美不是因为华丽，而是因为一种无法被概括的东西”。

《黄金时代》是达达的黄金时代，也是他们的黑铁时代。谈到录专辑的周期被乐队延长时，达达乐队开玩笑说此举引发的专辑制作成本飙升导致公司最后赔了钱，“我们拖垮了华纳”。

虽然是说笑，但专辑发行的 2003 年，华纳唱片已经成了撞上冰山的泰坦尼克号，在互联网和音乐盗版这两座冰山面前缓缓沉没——达达乐队的《黄金时代》、朴树的《生如夏花》，以及汪峰的《笑着哭》，共同成为华纳唱片在那个时代的绝响。

彭坦回忆：“那个时候已经没法遏制盗版了。有件事情我印象很深，为了公司的几张新专辑，许晓峰大哥去和盗版商喝酒，饭桌上的人是全国各地区市场的盗版商，许大哥一桌一桌地陪酒。和华东的盗版商干一瓶，华东的商人表示这张专辑他们就不盗版了。和华南的盗版商干一瓶，华南的市场就不盗版这张了。正版专辑能卖几十万张，全是靠酒桌上一瓶一瓶干出来的。”

2004 年，达达在北京展览馆做了一场《黄金时代》的演唱会，2000 人的场地座无虚席，那是他们那个时期最盛大的一场正式演出。但接下来就没有更多的动作了，公司面临重大改组及人事调整，从这一年底到来年春天，乐队四个人在北京度过了一个漫长的冬天。2005 年 5 月 1 日，彭坦和大家相约在一起，平静地决定无限期暂停一切乐队工作，但这个决定很长一段时间都没有对外公布，就此在喜爱达达的乐迷心中留下了一个没有告别的遗憾。

4

不如相忘于江湖

“虽然特别可惜，但是庄子有一句话叫作‘相濡以沫，不如相忘于江湖’。”张明用这句话形容当时身陷不可逆转的行业衰退中的达达乐队，“池塘的水都干了，与其两条鱼在一起相互吐唾沫来维持生命，不如就散了，各自去寻找各自的江湖。”

“不散的宴席，发生在昨天，只是一转眼，只是一瞬间……”彭坦在之后的《少年故事》中写道，“不曾感觉过的青春，不知不觉便逝去了。”

乐队解散后，成员自谋出路。张明在北京又待了两年，辗转在不同的乐队之间，但 2005 年到 2007 年仍然是音乐市场繁荣前的灰色时期。2008 年，张明的朋友来北京探望他，问他要不要回武汉教打鼓，张明想了想，觉得留在北京确实没有任何意义了，便随朋友回了武汉。

魏飞留在北京，在彩铃公司上了三年班，然后辞职和家人一起开比萨店。后来电商市场逐渐成熟后，他开始在淘宝开店卖衣服。吴涛在家休息了一年，琢磨录音，学习制作，熟悉电脑软件。2007年，他创立了“先生小姐”厂牌，开始做独立音乐的制作人。在为年轻乐队制作专辑时，吴涛仿佛看到自己年轻时的影子，但又会有很多不一样的地方。他当时没有想到的是，多年后他会成为盘尼西林、埃莉诺等乐队的制作人。和年轻、有想法的音乐人打交道，让他在技术和意识上一直很超前，不断明确着自己的事业方向。

至于彭坦，解散达达乐队后他一直不知道自己该做什么，他想过做快递员，或者上“手递手”找个工作，但都没有付诸实践。“一年多时间，就在北京待着，父母来京探望时，我表现得很轻松，

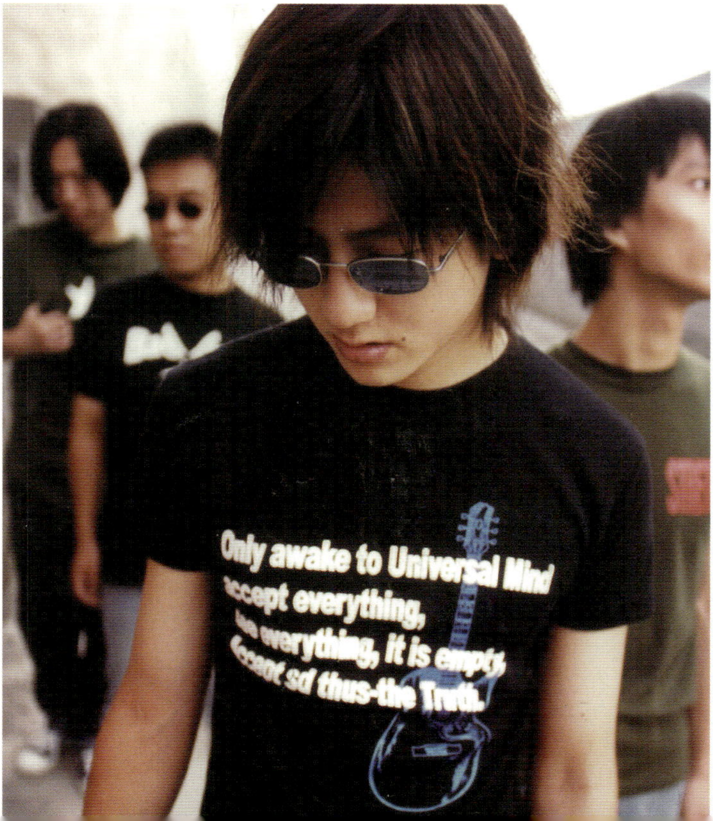

送走他们才发现枕头底下留了钱。”

2006 年，北京流行音乐节上，安慰剂乐队（Placebo）、穷街乐队（Skid Row）主唱巴赫、劲草乐队（Supergrass）等悉数亮相。当彭坦听到劲草唱出 *Moving*（《前行》）中的第一句歌词“Moving, just keep moving”（前行，继续前行）时，整个人“啪”地被震醒，“不行，我必须重新开始做音乐”。他仿佛从一个漫长的黑梦中惊醒，当场暗下决心要继续做音乐。

彭坦把自己从达达乐队解散以后写的零散作品整理好，带着它们去找吴涛：“老吴，你帮我捋捋这些歌怎么样？”两个人一起，把彭坦带来的片段、动机、零散作品拼贴并完善，写成旋律和歌曲——这些歌就是后来彭坦个人专辑《少年故事》中的作品。彭坦拿着小样又去找当年自己的伯乐宋柯。彼时许晓峰已经离开了北京，宋柯入主太合麦田。“我把小样拿给宋柯听，跟他说‘老宋，我又有一批歌，你能不能帮我发了’。他戴上耳机，一句话没说，听了半个小时，然后对我说‘行吧，我给你发’。我就说‘OK，谢谢老大’。”

“有一些伤口也许难以愈合完好，记忆深处的梦也被挂上锁镑，可是时光飞逝从来那么那么快，多么漫长的梦也终于会醒来。”《少年故事》里的彭坦，回忆着往日岁月，尽是无限兴叹。

个人时期的彭坦，在创作和表达上进入了另一种状态，不再跟技术死磕，而是从感性出发，把自己对生活的一些感悟，包括看过的电影、接触过的艺术，用音乐表达出来。《少年故事》之后，彭坦又写了 *Easy*（《简单》）和《迁徙》两张专辑。其间有朋友建议彭坦重组“达达”，但对彭坦来说，个人专辑的三部曲是他的必经之路，是他寻找自己的重要阶段。“达达解散后，我觉得这些是我该做的一些事情，做完这些，我就不会有什么遗憾了，我的状态也是单线程的，我只能全身心地投入一件事。”

长期和彭坦在音乐上相互交流的吴涛也认为：“如果把达达重组的时间提前，比如提前到彭坦刚做完《迁徙》的时候，我觉得都不成熟——那个时期他还完全沉浸在个人化的状态中，那种情绪是完全私人的，不是一个可以共享成为乐队的东西的阶段。”

期间，彭坦成立了自己的团队，他找到自己觉得适合的乐手、调音、舞美、摄影，以及专辑的设计师，然后与对方达成长期合作的协议。他参与从专辑设计生产到音乐现场实现的所有工作流程。

“我想积极参与所有的事情，从设计到哪怕最后那个字体用什么颜色，每一个环节我都要自己弄。”他不想重蹈覆辙，这一次，他想把所有的环节都弄明白，掌控在自己的手中。

那几年，彭坦和乐队其他成员还经历着成家、立业等阶段，大家走在各自的人生道路上，完成自己的责任和使命。

5

来吧，一次次再见

时机因缘是很玄妙的事情，没有那么多偶然和必然，但日子如水般流淌，这几个一直热爱音乐的人又机缘巧合地对上了生命的时间线，开始了人生的下一个阶段。

2016 年，魏飞去阿那亚生活了一段时间，离开音乐十一年，终于又开始从事音乐运营和演奏的工作。张明在武汉开了一间酒吧，生意逐渐稳定。吴涛制作人的事业一直稳定发展。彭坦的女儿也慢慢长大懂事了，彭坦形容大家“都缓过来了”——从2005年解散的阴影中缓了过来，从忙碌沉重的日常生活中缓了过来。

而当大家得以从日常生活中抽身小憩的时候，四个人都发现“达达乐队”从来没有从乐迷的生活中消失。魏飞和彭坦吃饭时，高兴地告诉彭坦，他在哪里看到了当时他们在北展演出的照片，在哪里看到有人上传了他们十几年前演出的视频，“想想北展那次，演出之前多紧张又多兴奋啊，晚上做梦都梦到当时的紧张”。

彭坦的妻子春晓也和吴涛提过达达重组的事情，“虽然很多人都希望达达乐队重组，但是在我们四个人的下意识里，首先想到的都是达达乐队解散十一年了——久到我们甚至觉得重组是一件难以实现的事情，而大家也就是嘴上说一说”。

2018年，彭坦、魏飞、吴涛、张明终于重新集合在武汉的一间排练室。“达达重组的决定就是一点一点地积累起来的，是一点一点信息和提示把我们又汇聚起来。”

2019年，乐队参加了在成都举办的仙人掌音乐节。在乐队重组后参加的第一场音乐节上，很多乐迷专程为了看达达乐队，从全国各地赶到音乐节。音乐响起来，大家在台下反复呼喊“达达”，四个人在台上也特别激动，彭坦跟观众说：“1999年到2019年，时间确实过得很快，跟大家失联了这么久，很抱歉，感谢所有没有忘记我们的人。”

魏飞回忆说：“就觉得几个人真的一点儿没变，吉他、贝斯、鼓的声音和以前一模一样，重组这件事情，算是做对了！”

当天的天气特别好，彭坦眼眶湿润，心情如后来所写的歌词：“我们来吧来吧，一次次再见，我们不管不管，路有多遥远。”

6

我甚至又奔跑起来

2019 年 10 月 30 日，重组后的达达乐队宣布签约摩登天空。在《乐队的夏天》第二季，达达乐队强势回归，演唱的第一首歌就是《南方》。这既是节目组的坚持，也是吴涛和魏飞的希望，俩人觉得如果达达乐队只能在电视节目中留下一首音乐作品的视频，那就应该留下《南方》。这首在《黄金时代》中并未给予太多期待的作品，在这十几年中逐渐酝酿发酵，收留并安慰了无数在异乡漂泊的年轻灵魂，俨然成为一代人的青春记忆。

同样随着时间的流逝而愈发迷人的歌，是如诗似画的 *Song F*。在与木马乐队的紧张 PK 环节，达达先是翻唱了张震岳的《再见》，

又选择了再次演绎 *Song F*。*Song F* 就是四季的歌谣，乐队在舞台上再次唱起这首歌，轻松、舒缓，那些封存的记忆在舞台上慢慢解冻，甚至闪烁着一种奇异的时光感。

从武汉到北京，二十年中，达达乐队既经历了自己的黄金时代，也经历了泡沫和碎片。当二十年后最终回归做音乐这件事情时，“做音乐”这件事的迫切在彭坦心中忽然变得渺小，他对音乐产生了新的认知：“音乐也是记录——一种很好的记录。对，我们都是记录者。而且音乐的那种记录特别浓缩，只要可以再无限地延展就挺好的。”

现在的达达乐队，排练时不见了二十年前的相互较劲和钻牛角尖，每个人在其中都很放松，大家更加享受做音乐的过程，每个人都觉得现在创作和排练的效率都变高了。“因为现在思考更周密，会想到很多细节的东西，在约定好的排练时间之内，总是可以非常快地碰撞出一些东西。”

二十年前，从创作《天使》的时候彭坦就渴望全国巡演，可是直到 2005 年解散的时候这个愿望都没有成行。“没有赶上独立音乐向好的时代，以前演出，很多场次都因为设备不好难以尽兴，甚至还有过不得已的假唱。如果专辑做出来，我希望办 live house 的巡演。”彭坦憧憬着，眼神清澈得让人联想到二十年前的他。谈到未来，达达的希望并不奢侈——做出一张对得起自己的新专辑，然后参与一些音乐节和 live house 巡演就足够了。

在彭坦眼中，达达乐队一直都很难被界定，或者被形容——“在对待音乐这件事上，我们几个人都挺天真的，不管在那个年代，还是在今天。我们不会预判一个目标，或者规定自己需要达到一个什么样的成绩，从来都不是，就想尽量做到我们自己在这个乐队中都很舒服的状态。”

回望达达乐队的这些年，他们的每一次选择都不将就于时代的洪流，只服从自己内心的坚守。当时间拉长了生命的广度与维度，无论付出了多少代价，达达坚守的，都是青春的骄傲和自由。

当被问到“你们怎样才可以如此自由”时，“首先是选择要自由，其次再是其他的事情。”吴涛云淡风轻地回答。

“我们来吧来吧，一次次
我们不管不管，路有多

”
——达达《再·见》

1

2

天使 (Angel)	黄金时代 (Golden Age)
1 *2000*	2 *2003*

Joyside

回来了，
浪漫心碎的夜晚复活了

夏天侧记

在你的记忆中，什么是粉红色的？妈妈的子宫，被硬塞给你的芭比玩具，没头没脑的派大星，姑娘的裙子和唇膏，还是一颗缺血的心脏？

2019 年，Joyside 乐队重组，他们的图腾——粉色的桃心和唇印重新变得鲜活，属于酒精、尼古丁、摇滚乐、荷尔蒙、浪漫心碎的夜晚复活了。在北京，这样的夜晚已经沉寂很久了。

“地下摇滚之王”，在 2001 年到 2009 年之间，Joyside 乐队一直被这么称呼。这支乐队以五张录音室专辑、散落的单曲，以及无数个酒醉沉溺的演出现场，书写着他们摇滚乐的青春与历史。他们不仅影响了 2000 年之后很多新的音乐人，而且发酵聚集了“年轻帮”这样一个群体，与之相关的北京五道营胡同的 School 酒吧甚至影响了北京鼓楼一带的青年亚文化生活圈。是的，这些都是他们在 2009 年解散之后，还在绵延着的、长久不绝的能量。

Joyside 并不刺激，也不热血，他们那放浪形骸、颓废虚无的色彩却影响了整整一代人。曾经我们相信“27 岁俱乐部”[1]的故事，相信“与其苟延残喘不如从容燃烧”[2]，然而在炽热的燃烧与自毁之后，生命仍然顽强地延续。有 Joyside 的夏天，将永远是粉红色的。Joyside 是一切跟爱有关的东西，这爱中也包含着必要和真实的痛苦。Joyside 的重组是一个全新的生命课题，在这群分别又重聚的人身上，低头学会谦卑，就会变得更温柔，浪漫地走进良夜，就能释放更多的爱。

信仰 Joyside 的人相信生活中不能缺少自由、真心与爱，他们来自五湖四海却情同手足，靠着共同的音乐喜好和彼此认同建立起新的“亲缘”关系。这也是他们区别于芸芸众生的标志——这是与众不同的一群人，有着不同的故事，却都在用一颗真心认真地“荒废此生”。

---

1 国外摇滚乐圈流传着“一群在 27 岁时死去的音乐天才”的传奇故事。

2 这句歌词出自摇滚歌手尼尔·扬（Neil Young）的 *My My, Hey Hey (Out of Blue)* 这首歌中，因在科特·柯本的遗书中出现而被人熟知。

1

新一代北京朋克的骄傲

从中国摇滚乐的断代史来看，Joyside很模糊，作为早期的朋克，他们自成体系地蜗居在北京清河。跟他们同龄的朋克们并没有像五道口的“无聊军队”乐队那样被载入史册，如今留下来的也很少了。如今“朋克”这个词他们自己也很少提及。

朋克到底是什么？是一种音乐形式还是一种生活态度？这个问题曾经困扰着中国诸多的文化学者、时尚青年和音乐人。讨论朋克本身还不如去看一场朋克的地下演出，朋克不讨论意义，除非他压根儿就不是一个朋克。

去过2003年迷笛音乐节的人，都会记得音乐节第一天——那个晴朗而昏昏欲睡的下午，在几个技术有余而热情不足的乐队之后，Joyside上场，那天的音乐聚会迎来了第一个高潮。

他们不是外地乐迷耳熟能详的摇滚明星，甚至没有被专业乐评人在文章中提到过半句，但当他们三个在音乐里高唱着“I want beer，I want beer”（我想要啤酒）的时候，主唱边远在舞台上晃动起醉了的身体，在场的所有人也都沸腾起来。在人群中一起沸腾的还有一个戴大大眼镜的瘦弱青年——摩登天空的老板沈黎晖。

乐评人颜峻也不吝赞美之词：“Joyside，记住这个名字。迷笛音乐节最美妙的高潮属于Joyside，新一代北京朋克的骄傲。”

之后，沈黎晖在各个酒吧里寻找Joyside的身影，Joyside身上独特的气质和音乐实力吸引着他。半年之后，Joyside终于成为摩登天空旗下的一员。他们发行了*Drunk is Beautiful*（《醉美》），当大家试图给专辑寻找一些时髦卖点的时候，他们却声称：“这里没有你们想要找的时尚，我们只爱你们的钞票。”于是乐队遭到各路媒体的炮轰和封杀。

2

三和弦点燃危险的荷尔蒙

Joyside 每个成员都有自己的故事。主唱边远来自新疆，对自由的渴望让他放弃了学校的生活，他也是整个乐队的创作主力。他是一个虚无主义者，做梦给了他创作的灵感，他身上永远有 20 世纪 70 年代摇滚明星放浪而高贵的气质，衬衫、领带、皮裤、皮鞋……他看上去忧郁、浪漫而绅士。

刘昊是贝斯手，军队大院里长大，却独立于主流之外。他身上的文身图案都很可爱，就像他的人一样招人喜爱，除了做乐队还热衷于开店做买卖。

辛爽是乐队的第一任吉他手，范博是最早的鼓手，后来日本籍吉他手中野阳也加入过乐队。

朋克是 Joyside 早期音乐的一个阶段性产物，那时的他们粗糙又有力气，带着混不吝的劲儿，几个晕乎乎的醉鬼用美妙的三和弦[1]点燃了混合着酒精、尼古丁与荷尔蒙的危险气体，大家在台下疯狂 pogo，用身体来发泄对音乐的狂热。

Joyside 最稳定阵容的形成是在 2006 年以后吉他手刘虹位和鼓手关铮加入之后。他们的音乐已经有了非常迷人的结构和旋律，

---

1 在大小调和声体系中，三个音按三度关系叠置，构成三和弦。这是和声中最常见的和弦形式。

70 年代迷幻摇滚乐的影响日益深重，他们也找到了完全属于自己的美学体系和表达方式，虽然这一点往往会被他们呈现出的颓靡放浪的舞台和生活状态所干扰。

3

最招人烦的酒鬼，将时刻与你告别

2006 年后，Joyside 转到兵马司旗下，同时期兵马司推出了三支最重要的乐队 Carsick Cars、Snapline 和 Joyside，凭借 *Booze at Neptune's Dawn*（《海王星黎明的痛饮》）这张唱片，年长的 Joyside 又成为“北京新声”的代表。

音乐风格的变化并不影响他们的态度，Joyside 的人气和魅力在每一个迷醉的演出现场持续发酵，他们混不吝的态度反招来

摄影 © 杨毅东

了更多歌迷。

他们不顺从，用“否定”来划清自己的边界；不受大众和媒体待见，因为他们从来不“正着”说话。当2002年他们还是“中国朋克新希望”的时候，他们就一路否定自己，否定中国摇滚乐，成功成为台上“最招人烦的酒鬼”。

但正是这样的矛盾，粗粝与细腻，混蛋和抒情，这所有势不两立的矛盾在他们身上和谐共处，才让他们一次次重整旗鼓，酒醒之后从头再来。

Joyside是酒精与摇滚乐的孩子，他们喝酒，打架，排练，演出，演出完继续喝酒，在门口喝，在大街上喝……多年后，他们会说一开始喝酒是因为面对舞台的紧张和害羞，喝着喝着，喝成了习惯，成了依赖，成了旋涡。在他们眼中，酒太好了，冒着白色的泡泡，就像生活，就像快乐。

而每次欢聚都代表着离别，每次喝醉都代表着下一次伴着头痛的清醒。Joyside的音乐哲学也是矛盾和反复的，他们用混乱破碎表达爱，用甜美浪漫表达绝望，正如那首*The Last Song for the Endless Party*（《无尽派对的最后一曲》）让你反复琢磨，这会是怎样的场景呢，无尽的派对里最后一首歌，无尽的爱中最后一吻，生命短暂，我们不知是该欢快地活着还是凄美地死去。

随着时间线性地向前流逝，这个混合着甜蜜与危险的团体所要面临的矛盾也越来越多，从本质上来讲，摇滚乐是无法控制的。对于Joyside成员内部来讲，他们越来越矛盾，大家音乐理念不同，生活中也不可能完全理想主义地在一起，2009年8月11日，参加完张北音乐节的Joyside选择了解散。

9月他们在MAO Live house举办了最后一场“Joyside告别演出”，演出的名字就叫“The Last Party for the Endless Songs”（无

尽歌曲的最后一场派对），演出后大家聚在一起直到天亮，整个鼓楼大街充满了心碎与告别。

解散后，Joyside 因合约关系，继续与 Carsick Cars 在欧洲巡演，巡演让他们更意识到了自己的音乐以及生活状态的局限，但回来后并没有发生转机。

4

快乐是对美好的事物有着绝望般的赞美

木心说，“快乐总是小的，紧的，一闪一闪的”。Joyside 的名字由“joy”（快乐）组成，边远给自己改过一个名字叫尚欢欢，但那时快乐对于他是可望而不可即的。

真正的快乐是什么？是生活的不羁、舞台上的释放、硬拗的灵魂？现实生存的压力在每个人内心如同噪声，如何能从一个“疯子”变成正常人？

Joyside 的生活并不是快乐的，他们早年甚至会为温饱担忧，但那个年代痛苦并不会被人注意，与其这样，还不如享受啤酒、香烟、噪声带来的快乐。

在 Joyside 的音乐里，你能找到许多简单但足够震撼的东西，Joyside 对美好的事物有着绝望般的赞美。但正如恐龙的价值仿佛在恐龙灭绝之后才显现出来，没有 Joyside 的日子，Joyside 才日益重要起来。

早期可视为“Joyside 粉丝后援会”的“年轻帮”一直壮大着，虽然成员们不仅仅是 Joyside 的乐迷，他们更像是认同这种自由散漫生活的一群人。

5

更远更危险的航海

一个心碎是下一个心碎的开始，解散了乐队，刘昊和刘非这对兄弟才腾出手来在鼓楼开古着店，后来又去五道营胡同开 School 酒吧。

从 Joyside、赌鬼乐队到盘尼西林乐队，从 School 里长出了一拨又一拨新的乐队，而把这里当作自己灵魂收容所的年轻人也成长了一拨又一拨。将近十年，有多少人在这里找到归宿又流离失所，爱过伤过，喝过吐过……

Joyside 似乎依然在大家身边。刘昊是 School 酒吧的大哥，他和刘非作为酒吧老板，总是拿命陪大家喝酒到天亮，路见不平把酒相助。

刘昊和关铮还在做赌鬼乐队。关铮像漫画里的热血少年，他在三个以上的乐队里打鼓，还在兴趣班里教小朋友打鼓。每次在 School 遇到他，他都会骑着电动车载着一个喝多或即将喝多的人离开胡同。

边远永远是面目模糊的雾气蒙蒙的旁观者，他与不同的人合作做另一种又暖又丧又老派的民谣音乐，大部分时间闲逛发呆，他喜欢大海，于是搬去了海边隐居生活，时刻想去做一名水手。

刘虹位是另一个谜。他在 Joyside 解散后不久，卖掉（送掉）所有的吉他去了一个贫困县创业扶贫，在这样一个远离北京摇滚青年的环境里，更深入地去了解中国社会的现实，也去探索内心的自己，这像是一种更远更危险的航海。

十年过去，城市的丛林瞬息万变，人无法改变城市变化的进程，却可以用自己的方式来选择留在城市的哪一段风景里面。

夜晚的鼓楼永远灯火迷幻，充满了未知与冒险的酒吧、live house 和艺术空间，吸引着一代又一代的年轻人满怀好奇，精心打扮，投入一场又一场隐秘又欢愉的派对，北京的独立音乐和青年文化也得以在胡同中跟着这些场域和场域里出现的音乐人一层层地迭代生长。只是，Joyside 依然无法复制，无法超越。

6

"The joker is back"

2019 年 4 月 1 日，一张粉色的图片在朋友圈和微博里炸开了，甚至上了微博热搜！"The joker is back"（小丑归来），解散十年的 Joyside 宣布重组，契机可能是吉他手刘虹位又回到了北京。自从2009年之后可能有过一万支乐队，但没有任何一支可以取代Joyside。

“有一种旋律，只有Joyside可以把它完美地呈现出来，所以我们选择了重组。”回归后的刘虹位一语道破天机。

从Joyside宣布重组那天起，曾经一同在五道口和鼓楼挥霍过青春的朋友们就开始说：“2019年宇宙出现了虫洞，时光穿梭回了2009年。”大家都去寻找十年前的记忆和热血，仿佛也要重新燃起生活的希望。

前段时间，先后还有其他几个老乐队也要重组，正好还赶上了《乐队的夏天》在热播。摇滚乐似乎又回来了，而且正值壮年。这十年，大家只是在鼓楼大街往交道口转了个弯儿，又碰面了。

也许人生往前运转的轨迹不是单向的，而是一个莫比乌斯环，我们毫无察觉地走到了2019年之后这一面，就不知不觉看到了2009年之前的那一面。

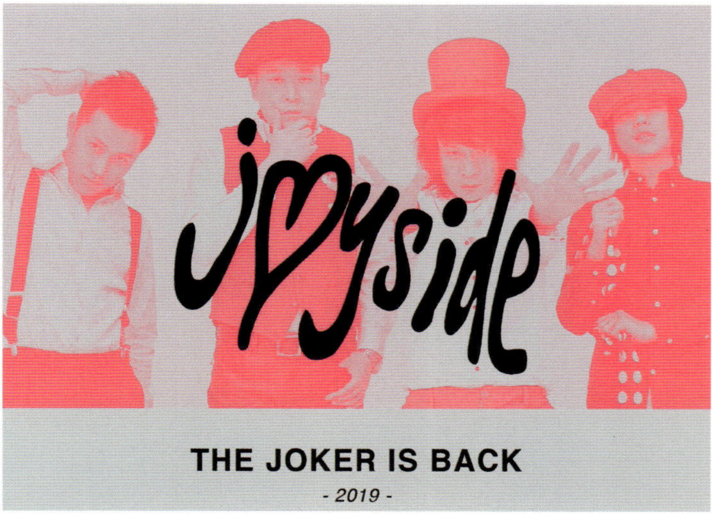

那是哪一面呢？那时的我们人生运转的逻辑是“我用真心换此生”。2009 年之后才变成了“心太疼了，逃避痛苦，好好生活”。直到 2019 年我们衔接回了 2009 年，五道口与鼓楼平行世界的另一个自己还在努力地快乐地用心活着。

就像 Joyside 一样，那是对面的镜像，也是镜中的自己。重新无须观察地投入，重新不顾一切地付出，重新爱上那些受伤和痛苦，重新用心脏活着。在莫比乌斯环上走一圈，心脏已经从左边变到了右边。

“我们对宇宙都充满了好奇，没有人会停止自己的好奇心，除非他不想再继续自己的人生。”十年后回归的刘虹位也迅速和乐队其他成员完美衔接上。说到宇宙，Joyside 相信有平行宇宙的存在吗？如果时间能够倒流，乘一台时光机再回到十年前，他们还会选择那样去生活，去创作，去玩儿摇滚乐吗？

“会的，我做过特别多特别糟糕的事儿，但即便我们回去改变了什么，也只是改变了另外一个平行宇宙，改变不了我们现在，我还是这样。”关铮说。

“没什么想回去的，朋友还都在呢，现在就挺好的。”刘昊说。

“‘现在’才是最真实的。如果我们能发现并找到这个‘现在’，那会是很 joy 的一种状态。”刘虹位说。

“我从来没有想过重新来过，这一切都是恰到好处。”边远说。

在一片杂乱感觉的最后，刘虹位缓缓地说：“后来我想通了，朋克、摇滚、创业，所有这些人生经历都像电影一样，我的本质只是那块屏幕，让这些电影一部部放出来就行了。”

摄影 © 王伟

“这无尽的爱，我要全部去纵情浪迹，无所谓结

摄影 © 小猴

”

——Joyside《太空浪子》

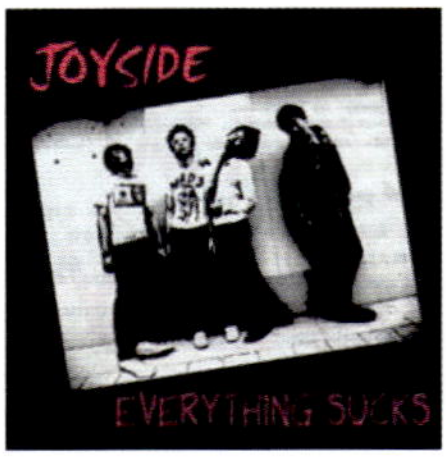

1

2

3

4

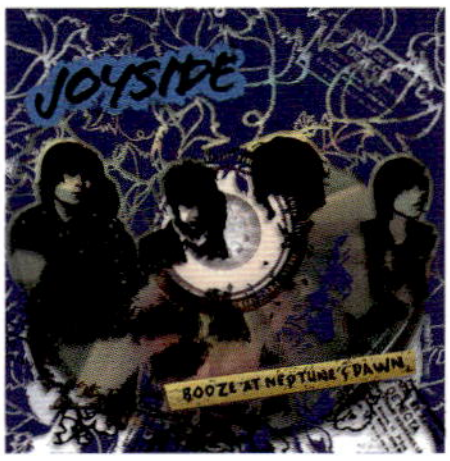

5

6

7

8

Everything Sucks 1 *2003*	Drunk is Beautiful （醉美） 2 *2004*	Bitches of Rock 'n' Roll （摇滚荡妇） 3 *2006*
Songs （歌） 4 *2006*	Booze at Neptune's Dawn 5 *2007*	Other Songs （其他歌） 6 *2008*
Maybe Tonight （也许今晚） 7 *2009*	Joyside 8 *2010*	

后海大鲨鱼

梦是白色的泡沫

夏天侧记

梦是什么，是白色的泡沫，是啤酒花里我们吐出的野马；也是那些自由自在，骄傲不吝的人。后海大鲨鱼陪伴着一代人一起走过青春，他们不贩卖情怀，也没有解散重组之类的伤悲故事，始终无法被这些主流关键词所定义。他们就像你生活中最轻松的小伙伴，一起冒险、旅行、喝酒、看星空、欢笑、流泪……今天说再见，明天还会再相见。

经历人生，有苦闷，也有烦恼，虽然不完美，但他们只想唱快乐的歌。

年轻的朋友彼此带来的是陪伴，不在意那么多成功失败、得到失去，不在乎，没事，因为那是“骄傲”。所以后海大鲨鱼们会在呕吐之后继续干杯，在摔倒之后继续冒险，在越发荒凉的现实里制造那些七彩的梦。

一张“笑脸”是后海大鲨鱼常用的 logo，也常出现在各类音乐节上。在一面面“摇滚不死”等口号的大旗里，这个笑脸显得异常轻盈，然而这正是后海大鲨鱼和他们的歌迷们希望表达的。笑，意味着幽默与多元，可以综合表达多重感情。

后海大鲨鱼很少表达生活的苦闷，作为“北京新声”的代表乐队，也是最早商业化的乐队之一，他们时尚多元，音乐表达态度既时髦又具有想象力，无法被轻易定义归类，他们一直都在自由自在地生活和创作。不是囚禁在房间里对着天窗叫喊，而是认为世界就如一场奇幻的冒险，走过，体验过，就足够了。如同他们不再唱爱情里的“是谁送你来到我身边”，而是召唤所有快乐的人、孤单的人、真心的人一起上路，继续这一场永无尽头的青春冒险。

1

后海的冲浪手

付菡从小就是一个脑子闲不下来的双子座“多动症”女孩儿。在北京西城的歌舞团大院里长大，“80后”、独生女，这一代人都习惯了没有兄弟姐妹，从小自己跟自己玩。付菡的妈妈是一位钢琴老师，虽耳濡目染，但她小时候就是不能安静地坐在琴凳上弹琴。她更喜欢的是画画，每当画画时，她总能陷入长时间的专注。付菡还经常自己跑出去玩耍，一个人爬到景山上看北京，或者坐在后海边看水流，幻想未来会有很多好玩的事情发生。

在学校里，她不内向但也不聚团，平时学习不怎么努力，但如果被老师家长逼一逼，也能考进前十名。报考大学的时候，父母觉得从事文艺工作不是正经、有保障的出路，付菡也没过分反驳，就报考了北京工业大学的建筑系，“相当于是在一所正经学校的范围里，但学的东西还是有创造性的”。

大学里建筑学专业的氛围很严肃，付菡却在班上发现了一个特别奇怪的人，“头发耷拉在两边，腰长到一般人胸的位置，穿着一条大裤衩，你觉得这个人太奇怪了，但是又有一点儿莫名的帅”。

这个人就是曹璞，付菡说自己就是会被这种奇怪的人吸引。当时曹璞听了很多重金属的音乐，也穿金属摇滚乐队的T恤。他给付菡推荐了很多国外的摇滚乐，她对摇滚音乐认知的大门一下子被打开了。

千禧年初那一代的大学生，不仅业余时间比较多，还赶上了互联网初代的兴起和快速发展。借由对摇滚乐的喜欢，很多人在各种网站论坛里找到了志同道合的伙伴。付菡在网上认识了一个天才的朋克少年——漫画家张贼贼。当时张贼贼已经出版了《我是天使我不骗你》，在圈内小有名气。张贼贼喜欢去演出现场，他带着付菡去豪运、无名高地等酒吧看各种演出。在张贼贼的“带领”下，一开始还不好意思去酒吧的她一下子进入到了全新的世界里。

每到周末，付菡和其他朋友都会“盛装出席”，打扮得像摇滚女孩儿一样去那些酒吧、俱乐部里看各种乐队的演出，听他们的音乐。这是一个跟自己过去的生活完全没有关系的全新世界，学校之外，家庭之外，有这么一群自由张扬、酷酷的人。付菡对音乐有了全新的理解，不再认为“做音乐”是高不可攀的。

2004 年的某个夏日周末，付菡照例在无名高地看演出，她已经不记得台上演出的人是谁。只是那天她站在台下的时候，看着台上的人，她有种强烈的冲动——觉得自己也可以做这样一件事。于是在回家路上，付菡就给曹璞打电话：“要不咱们做一个乐队吧！”

当时的曹璞正在涂痱子粉，脑子里还没明白付菡为什么会发出这样的邀请，但下意识地，他说了一个字“好”。“曹璞是我当时唯一认识的会弹吉他的人，但即便到现在，我仍然觉得他是我认识的弹吉他的人里最有想法的那几个人之一。”付菡说他们俩从开始做这件事情到现在，一直都有着莫名的默契。

乐队只有俩人是不行的，曹璞找到了他在新街口的一家唱片店买打口唱片时认识的王静涵，说：“我们要组一个乐队，没贝斯手，要不你来弹贝斯吧！”王静涵以为是玩一玩的游戏，随口就答应了。一个朋友又把小武的 QQ 推给了付菡……这四个人就这样看似随便地凑在了一起。没想到的是，未来他们会像家人一般，一起走过风风雨雨的十几年。

有一天，付菡和张贼贼一起在后海散步遛弯儿，他们看到一个告示牌上写了这样一段话："谁动我们的东西，谁就是我们的孙子，我们是后海大鲨鱼！"当时大家都为"后海大鲨鱼"这样生猛的词感到震惊！经过一致表决，它成了乐队的名称。此后，"鲨鱼们"开始了一段极不寻常的音乐历程。

2

我们的摇滚乐，听了让人想跳舞

"一开始的想法很简单，我们就是想做让人听了想跳舞的摇滚乐（dance rock）。"付菡说早期做音乐最大的冲动和灵感其实来源于身体内的荷尔蒙。当时也有很多人跟她聊摇滚乐到底是什么，"摇滚乐有愤怒，有冲突，有突破……但一个很重要的东西是荷尔蒙，人身上自然散发出来的东西"。后海大鲨鱼成立之后，开始创作、排练自己的作品，他们当时喜欢车库、朋克、新浪潮，以及一些复古迪斯科乐队，"酷"和"有劲儿"一直是他们想追求的方向。"我真觉得是一种原始冲动，就是我们要做这件事，这是我们的唯一出口。我们要创作，我们要弹吉他、要打鼓、要演出，最小的目标就是我们要开始第一场演出。"付菡说。当时北京周末各 live house 的拼盘演出甚多，在舞台上，他们是轻松、潇洒，甚至是有喜感的。在设备和技术不足的情况下，他们可以拿一台 psp 游戏机当音源放 program[1]。付菡在舞台上的表现充满

1　Program 又称音乐工程。指通过设备将一些提前准备好的采样、和声、乐器处理成单独的轨道，在制作或者现场表演的时候同步使用。

活力，即便在小场地也依然光芒闪耀。

那个时期，一批北京的新兴乐队纷纷崭露头角，后海大鲨鱼在其中很有代表性——从北京著名高校毕业，得益于早期互联网的音乐营养和影像，以年轻潮流和叛逆为核心表达，以自身经验角度去探索未知世界，这样的一批乐队引领了当时国内摇滚乐的新浪潮。2005 年，由后海大鲨鱼与哪吒乐队、Snapline 和 Carsick Cars 等四支北京本土乐队发起的“No Beijing”活动，更是把国内摇滚乐推向了一个新的阶段。这次活动后，后海大鲨鱼的风格越发突显出来，四人组的配合更加默契、成熟。

当时北京这些新乐队的“宇宙中心”在五道口的 D-22 俱乐部。有演出的时候，大家互相较着劲儿，看谁和谁能一起演出，谁的演出更厉害，当朋友的乐队演得比自己好时，也会由衷地

摄影 © 7 仔

为对方多喝几杯。即便没有演出，也会在那儿待着，一起浪费时间。

付菡说自己浪费了大量的时间在看演出和玩儿上，但也是通过这种方式，释放了青春期里的那些情绪与躁动，“那是一种无法用其他东西描述的生活方式，只有这种生活方式是这样的”。

付菡生活的其他方面也发生了潜移默化的变化，首先她意识到自己天马行空的想象力背后，性格中任性偏激的一面。做建筑需要严谨的逻辑和强大到偏执的细节控制力，在毕业之前，付菡确定自己将来当不了一名建筑师，就用三个月的时间突击，考上了中央美术学院视觉传达系的研究生。

“视觉传达既不是素描，也不是设计，我也不知道它是什么，就觉得很适合我，通过视觉把脑子里的东西传达出来。”付菡考入的是第十工作室，导师是当时美院的副院长谭平。去面试的时候，付菡有点儿紧张，就带了一小瓶二锅头，面试之前先喝了壮胆。

导师觉得付菡有建筑学的知识背景，又是做乐队的，有自己的作品，他很希望这样有特长的人能进入美院，去做更多有意思的东西。由此，付菡顺利考入美院，又有了三年的缓冲时间，可以一边做乐队，一边学新的东西。临近毕业的时候，因为后海大鲨鱼有巡演，付菡第一年没能参加毕业设计，“老师也没难为我，就让我踏踏实实地明年再来，我现在依然特别感谢他”。

2006 年，后海大鲨鱼发行了第一张小样 *Hard Heart*（《坚硬的心》），以英文歌曲为主打，展现都市年轻人的心理状况，车库、迷幻、新浪潮和梦幻流行（dream pop）[1] 多种风格融合的炫目曲

1　梦幻流行属于另类摇滚的一个流派，它依靠音速处理音乐质地来表达悦耳的音调。

风让他们迅速有了“国际范儿”。有人说这张小样中有太多国际大腕儿的曲风影子，每一个乐队都会从之前的人身上学到很多东西，再找到属于自己的声音，而这才是后海大鲨鱼真正的未来。

3

野性是生命最初的原始状态

2007 年 5 月 1 日，第八届迷笛音乐节于北京海淀公园举办。此时的迷笛音乐节已经走出了香山学校的“毕业汇演”模式，演变成了一个引领年轻潮流的盛大节日。后海大鲨鱼乐队作为当时“80 后”新乐队的代表，登上了迷笛音乐节的主舞台，在几万人的场地里开始他们放肆狂欢的表演。

与一众传统的金属、朋克、老摇滚乐队不同，后海大鲨鱼的四个年轻人活力充沛，造型时尚，尤其是付菡穿着蓝色运动吊带衫儿、粉色裤袜和帆布鞋那矫健而充满元气的身姿，瞬间成为全场的焦点。演出高潮时，台下乐迷跟着后海大鲨鱼的音乐开始 pogo、开小火车，愉快开心地冲撞在一起。在中小型现场长久历练的后海大鲨鱼，第一次在这样开放的场地被更多年轻人看到并喜欢。

2006 年，后海大鲨鱼乐队签约摩登天空，并于 2007 年推出了首张同名音乐专辑 *Queen Sea Big Shark*。2008 年，后海大鲨鱼获得第八届音乐风云榜“年度最佳摇滚歌曲”、“年度最佳摇滚乐队”及“年度最佳摇滚新人奖”三个奖项。尽管音乐媒体和评论界对他们这支新兴乐队褒贬不一，但两年前还在为生计发愁的四人，已然在音乐道路上看到了新的希望。

摄影 ©7 仔

当时，付菡演出时喜欢穿紧身连体运动衣和帆布鞋，在演出现场男女乐迷通吃。有乐迷称付菡是“性感女神”，但付菡觉得“性感”是对她最大的误解，她说她追求的是一种原始生命力的野性，她喜欢像动物一样的人，呈现生命最初的那种原始状态。

除了各种音乐节、商演的邀请纷至沓来，后海大鲨鱼的独特气质也吸引了当时商业品牌的关注。2008 年，后海大鲨鱼和 P.K.14 一起受到匡威的邀请，搭乘一台装载着设备、画满涂鸦的房车，开启了以“爱噪音”为主题、覆盖全国五座城市的音乐旅行。之后，他们路上的经历拍成了一部独特的摇滚乐纪录片《爱噪音》。在这趟旅程中，他们不仅去到各个城市的演出场所，还在街头田间演出，与生动的人群接触。在那一趟行程中，无论是乐队成员，还是相关工作人员、摄影师和随行记者，不仅彼此都成了好朋友，他们个人后来也都成了当时青年文化领域里有态度、有见地的“优秀青年”。

同时这趟旅行，也打开了后海大鲨鱼乐队几个年轻人对更广大世界的认知——他们不仅属于城市的 live house、音乐节，他们也向往在更大的空间和宇宙里获得能量以及表达自己。2008年8月的一天，“爱噪音”巡演的房车开到了长沙附近的一个农村，乐队成员与当地的村民一起玩儿。这天晚上，恰好是北京奥运会的开幕式，大家就坐在大树下的小板凳上，从一台旧电视机里看着奥运会的开幕式。那一刻，付菡觉得人生太魔幻了。

4

浪潮来了，我们就在浪潮之中

2008 年前夕的北京，因为奥运会即将到来，氛围空前开放。回想起来，后海大鲨鱼与其他“北京新声”一代的乐队，都觉得奥运会这件事情对他们影响很大。作为“80 后”独生子女，每个人小时候都是看着傍晚六点半的科幻动画片长大的，对美妙遥远的 21 世纪充满向往和恐惧。到了千禧年之后，通过互联网，中国玩儿乐队的乐手们可以和全世界喜欢音乐的年轻人一起交流想法，他们的音乐不再仅仅是对跨时代经典老摇滚乐队的穿越性致敬和模仿，而是和全球同步，创造出一种当下感。

开放的氛围让后海大鲨鱼深切感受到：“浪潮来了，而我们就在浪潮之中。”基于对所处时代与城市的观察，后海大鲨鱼乐队在 2010 年发行了第二张专辑《浪潮》。这张专辑成了他们的转折点，付菡说：“当时巨大的困难是将四个人头脑和电脑中的大量想法压缩成一张薄薄的专辑。”

《浪潮》曲风更加迷幻，风格则略偏先锋实验，有科技感和电子的混搭，包括他们通过中英文歌曲混搭来表达多元内容：机器和人的关系、电脑和人的关系、CBD、浪潮……他们又试图用反讽和幽默去展现他们的反思，但是当时的歌迷和媒体似乎都没有完全理解和接受到那个层面的复杂信息。

乐队在视觉上的表达也到了近乎疯狂的状态，毕业后的付菡开始逐一实现自己的创意脑洞。2010年，《浪潮》新专辑首发演出在愚公移山酒吧举办，当时来了八百多人。开场前，舞台前拉了一块白色幕布，在上面投影着动画，突然一瞬间，幕布掉下来，付菡穿着银光色的连体服，乐队其他人穿着白衬衫冲出来，那场面就像一群怪物冲进了一个异世界。然后，他们演出了专辑中最炸的那首《黑夜大流行》——“我们要照亮这个黑夜”。

付菡说那个时候她的脑子很“飞”，经常琢磨音乐在视觉传达上的呈现，她想表达更具未来感的东西，对未来也充满了想象力。2011年9月，在“创想计划”的支持下，后海大鲨鱼又在北京更大的演出场地星光现场（“糖果”三层）举办了乐队成立以来最大的专场：Neo! LIVE演唱会。多媒体舞台艺术家丁东、新锐摄影师马思亮与后海大鲨鱼合作，他们帮乐队实现了更多视觉上的创意和想法，打造出专属于后海大鲨鱼的“音乐美学体系”。

当时付菡在家看到一把室内摄影用的反光伞，产生了未来太空感的灵感，在预算有限的情况下，他们买了几十把这种镭射的反光伞，用鱼线串起来挂在舞台上。丁东设计的专业灯光一打开，就营造出一种超级未来梦幻太空感的演出舞台。

付菡回想起这一时期的演出，她觉得自己似乎已经进入了那个“未来世界”里——“后来我才意识到，有时候信息在传达和接受之间，是需要消化很长时间的。”

《浪潮》做得复杂而超前，直接给乐队带来了一些影响。一方面，新的音乐在可听性和流传度方面不尽如人意，他们轻松张扬、花枝招展的外表气质，在摇滚圈里看起来也不是人人都喜欢。另一方面，乐队继续走国际化路线。2011 年 3 月，后海大鲨鱼受邀参加美国 SXSW 音乐节，乐队国际化、时髦又酷的气质依然受到时尚界和商业圈的热衷，包括曾经给大卫·鲍伊拍过照片的摄影师米克·洛克（Mick Rock）也替付菡拍摄了时尚大片。

第二张专辑的时髦与先锋性，在这个时代也许刚刚好。今天的人们在谈论前浪后浪，而他们早在 2011 年就告诉大家我们

都是浪潮里的一部分，也许那时预言的未来世界，刚好来到了现在。

5

在“得到”这件事上先做好准备，你会失去什么

当时，乐队成员之间的拉扯感越发激烈。付菡回过头去看那段时光，觉得自己当时想要的太多了，“我要舞台好看，还要观众喜欢我；我要音乐炸，还要他们认可、理解我们；我要漂亮时髦，还要他们认为我是一个艺术家……但这是不可能的，我后来明白了，你要想得到一样东西的时候，就要先想想你会失去什么东西，你愿意用什么来交换”。

“那个时候乐队很照顾、包容我，即使我提出很多无理的要求。”乐队成员们一直在互相促进，努力实现这些创意和想法，但同时每个人也发生了很多改变。在天马行空的创意执行过程中，大家都在尽力地学习、磨合，在进化的过程当中互相追赶。

但这个过程也很疲惫，有一次乐队有人急了，质问付菡：“我们已经会做一件事情了，可不可以在这件事情里继续做，而不要刚做完这件事情又开始一个新的东西？”

付菡属于比较偏执的完美主义者，“我可能有很多想法，但我没有足够好的能力去实现，要依靠大家，他们也希望我们能够一起去做这件事情，但每一场演出我都给大家太大的压力了”。

有段时间，曹璞在网上看到一条评论说：“后海大鲨鱼就是玩儿灯的。”这句话刺激了曹璞，原本他对做乐队这件事情投入了很大的精力，但却没有得到很正向的反馈，这让他多少有些

灰心。

《浪潮》发布之后，后海大鲨鱼停了一段时间。外人看到的是乐队成员各个时髦风光，却看不到这几个人内心的挣扎和痛苦，他们对外也从不表现出这些情感。大家对自己为什么做音乐这件事有了怀疑，不知道该怎么继续玩儿下去了，于是乐队就暂时分开了一段时间。

6

一段口哨，带来一匹梦马

在分开之前，乐队的创作还在进行。有一次在排练室里，曹璞吹出了一段口哨，让付菡很受触动（这也是后来 *Bling Bling Bling* 开头的那段经典旋律）。和着口哨的旋律，付菡唱出了一句："漫天的星光啊，哪里是我的家？"唱出口后，她自己也觉得有些不可思议。在这之前，付菡很少直接创作中文歌曲，她习惯在音乐失真的包裹能量里喊出一些情绪，从不会这么走心地去表达自己孤单落寞的感受。

付菡说乐队成员都是很有边界感的人，会为彼此留出空间，从不会跟人表达"我有多难受"这种话，不会随便把灵魂掏给别人看，甚至在一起时也不会有身体上的触碰。但正是这样发自内心的一句发问，却打开了乐队创作之前的那个心结——羞于表达直接抒情的东西。

一开始曹璞还不太满意这样的表达，这首歌就被暂时搁置了。后来，付菡去了美国，曹璞去了印度，小伍去了西藏，大家各自去干各自的事情。在美国 SXSW 音乐节演出完，付菡疯玩了三天，看遍了想看的演出。一天晚上突然赶上暴雨和闪电，那一刻她在雨里突然哭了起来，当时的心情就是特别想回家和北京的朋友们待在一起。第二天她回到纽约的住处，冷静下来，打开电脑，一口气写下了*Bling Bling Bling*这首歌的全部中文歌词："你要去哪里，我去哪里，我也不在意；以后我们各自还有，一生的奇迹……今天在一起吧，风吹着去了下个世纪。"

付菡把小样发给曹璞，曹璞一听"这个东西OK了"，此时已经是后海大鲨鱼乐队成立的第八年。"这首歌是讲年轻的朋友们去了不同的地方，经历了一场场离别，用了儿歌歌谣的方式。"这样的表达，一下子去掉了之前音乐上的很多束缚，回到了最自然本真的状态。歌曲录出来后，后海大鲨鱼先把它发给朋友们听，激发了朋友们很多情感触动，也许大家都到了人生的某个阶段。

付菡的好朋友、导演安星为这首歌拍了MV。在MV里，坐在摩托车后座上的付菡，穿着旧夹克衫和小时候的网球鞋，以最轻松潇洒的姿态追逐着梦想，也做回了自己。在这样持续饱满的情绪里，乐队完成了第二首中文的新歌，也就是在《乐队的夏天》第二季舞台上呈现的《猛犸》。

《猛犸》的灵感来源于付菡一次真实的经历，她在School酒吧喝醉了酒，从出租车上下来的时候，吐了一地。那时，她看到呕吐物里仿佛出现了一匹白马，升到了城市的上空。一时间，脑海中飘过一句："梦是什么，是白色的泡沫，是啤酒花里我们吐出的野马。"第二天酒醒的时候，付菡写下了："我们像只野马一样在城市里流淌，浪费了太阳也从不会感到悲伤。"

猛犸其实是"梦马"的谐音，"以梦为马"这样的词付菡说不出口，她换了另一种诙谐的方式去表达。曹璞用一种谐音梗的方式，加入了猛犸的叫声，以此为"梦马"吹响了号角。包裹的依然是年轻人奔放不羁的内心，以及对自由和梦想的追寻。此时的付菡，已经不是那个感受不到悲伤、敢冲敢闯的小女孩儿，但这种受过伤之后的不在乎，依然洒脱浪漫，也带上了另外一种更深的情感和更坚定的自由信念。

2015 年，后海大鲨鱼成立已经十年了。通常十年是一个乐队的里程碑，但鲨鱼的方式不是回顾过去，而是开启一个新的里程。于是他们策划了“年轻朋友音乐会”——乐队和朋友们做的一场面向所有年轻人的音乐聚会。每年的“年轻朋友音乐会”都是一个大 party（派对），许多年轻的乐队也会在这样一个 party 的主题演出中被大家看到和喜欢，大家用聚在一起的创造力和欢乐，默默抵御着时间的流逝和对日常世俗的追赶。越是紧迫，越是狂欢。

7

成功不需要以抛却理想为代价

《猛犸》之后，后海大鲨鱼开启了全国巡演，他们去了三十多个城市，包括新疆、西藏……在路上的感受，都一一被他们记录下来。回来后不久，有了第三张专辑《心要野》，收录了三年创作的11首歌，付菡在《心要野》中想表达的是"成功不需要以抛却理想为代价"。

这张专辑成了后海大鲨鱼乐队的又一次重要提升和转机。中文摇滚的回归，直达内心的触动和朗朗上口的旋律，让后海大鲨鱼获得了更多乐迷的认可。也让他们彻底找到了自由自在的感觉。重新签约摩登天空之后，后海大鲨鱼成了音乐节的压轴常客。每次演出，台下《猛犸》大合唱已成必备环节，大型pogo随处可见。"心要野"也成为他们乐队的口号，更成为他们以后音乐创作信奉的标签。

2016年6月17日，后海大鲨鱼《心要野》的北京收官演出在北京世纪剧场举办。这是一趟令所有人脑洞大开的奇幻之旅，也是一次属于新世代年轻人的盛大集会。整场演出仿佛一场主题音乐剧，以"后海冲浪手"为主人公，付菡在音乐中以一种戏剧化的方式讲述了这个现实与幻想相伴的故事，而现场舞美、灯光都像一个个打开的魔术盒般奇幻多彩。乐队请来一同录制专辑的所有艺术家，把他们称作一个个在冒险中偶遇的伙伴，随着情节的推动依次粉墨登场，场景也渐次更替。从《后海冲浪手》的天真到《88奥林匹克》马戏团般的喜剧表演；从《偷月亮的人》的迷幻到《时间之间》的感动引发泪点；从《喜马拉雅》的异域风情、天马行空，再到《猛犸》、*Bling Bling Bling*、《心要野》……这场演出几近完美地展现了后海大鲨鱼的音乐和精神世界——一群普通的小孩子，凭借天真和想象力，创造出属于自己的世界，去到更大更远的宇宙。

在那之后，后海大鲨鱼乐队进入了更新的阶段，也是更难的阶段，大家在生活上全都有了新的状态，新的梦想，工作，家庭，失业……这些日常也确实是时候出现在人生清单里，毕竟人生不可能只考虑乐队的事儿。作为建筑师，曹璞要经常去负责一些重要的项目和工程；小武已经成了厉害的录音师和混音师，工作被全部排满；王静涵结了婚，一边做着文字编辑和翻译的工作，一边探索着他自己的音乐之路。那时候，付菡觉得自己还有很多东西要做，压力变得特别大，精神状态也开始变差，用了两年时间才慢慢调整过来，“我不是一个完整的人，我必须成为一个完整的人，我才不会这么跟他们较劲”。

付菡开始做自己的音乐作品，她给美国的制作人写信，在美国，没有人知道付菡是谁，她就用 Instagram 给喜欢的制作人写信，但没有回应。后来好不容易找到 MGMT[1] 新专辑的制作人帕特里克·温伯利（Patrick Wimberly），他听了付菡的作品非常喜欢。一个月后，付菡一个人去了纽约，开始制作完全属于她个人的作品。她说这样做是为了学更多的东西，成为完整的自己，“这样我们会变得不那么需要互相证明自己，而是因为热爱在一起”。

2018 年“年轻朋友音乐会”依然如期举办，赌鬼乐队的王梓作为吉他手，正式成为后海大鲨鱼现场演出的一员。王梓有着

1 MGMT 是一个迷幻电子合成流行乐的乐队，于 2002 年在纽约布鲁克林成立。

深厚的演奏和制作功底，但也带着浪漫性感和伤感的戏剧味道。他的吉他弹得更“飞”，在曹璞的基础上，他让后海大鲨鱼的音乐有了更瑰丽的色彩。

同年 12 月，后海大鲨鱼出了新单曲《超能力》，已经成立十四年的乐队，他们不会轻易解散或者停掉。付菡说虽然外界看他们是在疯玩，但每个人都对这个乐队有着强烈的执念和责任感。

8

快乐的人，孤独的人，真心的人，在一起吧

《乐队的夏天》第一季，后海大鲨鱼拒绝了制作方的邀请。他们觉得那时乐队的状态不适合参加节目。等到第二季，后海大鲨鱼报名了，并成为 2020 年节目中最受关注的乐队之一。然而因为新冠疫情，一直在国外的曹璞无法回来参加比赛。

在跟节目组对接的时候，付菡和导演就视频组给出的视觉呈现沟通了很久。付菡说：“很多人觉得后海大鲨鱼的快乐是阳光的，积极向上的，但后海大鲨鱼的快乐里有很英雄主义和略带悲伤的色彩，在这样的舞台上，想呈现出这样丰富辗转的感情色彩，不容易。”

在第一轮的比赛中，后海大鲨鱼演出了《猛犸》，但分数并没有很高，付菡觉得问题在于“自己没有笑”，过于紧张了。第二场改编赛，后海大鲨鱼改编了《西游记》里的插曲《天竺少女》，他们用尽全力让一首 20 世纪 80 年代的影视插曲呈现出真正“后海大鲨鱼”的风格。而这首歌也是付菡一眼便在歌单里看

中的，她觉得不管输赢，要唱自己想唱的歌。现场加入了大鼓、小号，付菡从《春之祭》的舞蹈里获得灵感，带所有人去大自然里，朋友们一起自由自在的，并得到能量。乐队还在其中加入了自己的歌词：“快乐的人啊，孤独的人啊，真心的人啊！”那一刻，听到的是后海大鲨鱼多年来一直传达和召唤的——与伙伴、同类用创造力连接在一起，抵御日常的平庸和孤独。他们想用不同的乐器制造一场梦的游行。遗憾的是，这次改编在现场得到的分数仍不高，被同组的大波浪乐队以一首骚气又反转的《爱情买卖》PK 下来。就此，第二季“乐夏”中呼声最高的这支乐队，无缘十强。

有人说后海大鲨鱼已经疲惫了，不时髦了。但其实他们已经走过了那个阶段，现在的他们并不在意时髦与否，而是要做可以留下来的音乐。就像他们说的：“我们曾经是浪潮里的一部分，但现在我们要做一名冲浪手！”他们可贵的地方在于，在人们对音乐的形式感和国际化接受度越来越高的今天，他们却已经走到了下一个阶段——回归音乐本质。在复杂的成人世界里，他们经历过太多潮起潮落，难得的是还想保持儿童般的天真和想象力。

“其实年轻时，你在用你的态度表达音乐，现在的我们是用音乐表达态度。并不是身上的兽性消失了，只是换了一种不同的方式。”付菡说。

“你要去哪里，我去哪里
以后我们各自还有，一

也不在意。
奇迹。”

——后海大鲨鱼 *Bling Bling Bling*

1

2

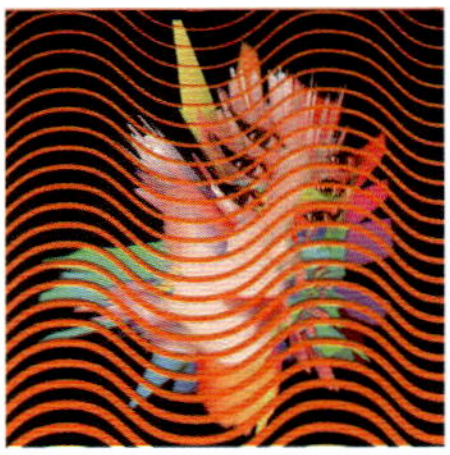

3

4

Hard Heart 1 *2006*	Queen Sea Big Shark 2 *2007*
浪潮 3 *2010*	心要野 4 *2016*

海龟先生

在光芒之下从容退场

夏天侧记

因为勇气，2019年的夏天，李红旗和海龟先生走上了《乐队的夏天》的舞台。与其他同台乐队表现出的躁动、张扬、青春、热血不同，当主唱李红旗以唱诗般的虔诚呢喃出一串只属于海龟先生的“龟语”时，有观众被这氛围打动，将手按在胸前轻哼跟唱，鹅黄色的追光灯铺落在李红旗和其他乐队成员的一袭长衫上，宛如圣光，神圣沉静。在综艺舞台这样一个极其逼仄的表达空间内，持守诚实和忍耐并不容易，作为一个有信仰的人，秉信“爱和宽恕”的李红旗担心自己在《乐队的夏天》这样一档有淘汰赛制的节目里会产生与人竞争的求胜欲：“我需要努力摆脱掉比较

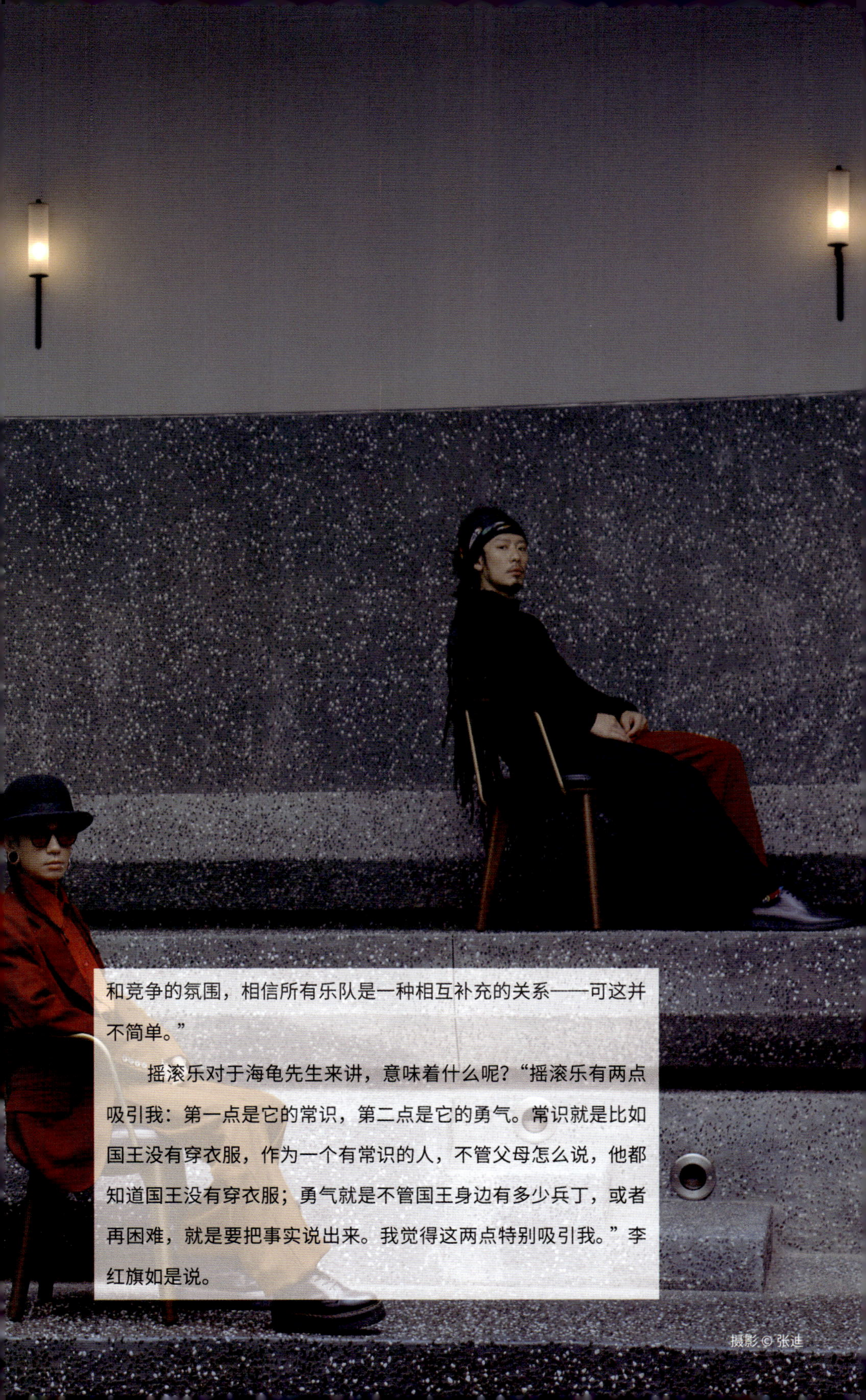

和竞争的氛围，相信所有乐队是一种相互补充的关系——可这并不简单。”

摇滚乐对于海龟先生来讲，意味着什么呢？“摇滚乐有两点吸引我：第一点是它的常识，第二点是它的勇气。常识就是比如国王没有穿衣服，作为一个有常识的人，不管父母怎么说，他都知道国王没有穿衣服；勇气就是不管国王身边有多少兵丁，或者再困难，就是要把事实说出来。我觉得这两点特别吸引我。”李红旗如是说。

摄影 © 张进

1

在哪里呢，我的朋友

当《男孩别哭》在舞台上被唱起的时候，时间在那个瞬间回溯到 2006 年，当时，海龟先生成立已经两年了。

一年前他们自主发行了融合斯卡（Ska）[1]、朋克、垃圾摇滚、雷鬼（Reggae）[2] 等风格的迷你专辑《Pogo 不如跳舞》，并进行了巡演。在成都的小酒馆里，他们收获了超出想象的欢迎，而仅仅一年后，他们却面临乐队是生存还是死亡的抉择。

“大学毕业了，我的家人反对我继续玩儿摇滚乐，敦促我找一份正经的工作。”李红旗回忆。面对来自家庭的巨大压力，李红旗、蒋晗和老麻几个人不知道自己除了音乐之外还可以做什么，“那个时候很迷茫，但总有个声音告诉我们，这件事是对的”。于是三个人就继续死磕着。

挣不到钱，最惨的时候，乐队三个月只接到了一场能拿到钱的演出，600 元最后分到每个人手上，只有 150 元。“这些钱只够大家在演出结束后喝顿酒。”

不挣钱也成为李红旗的父母反对他继续玩儿摇滚乐的理由。在现实的困难面前，苦闷和憋屈难以言喻，李红旗愤怒地想象着自己坚持下去成为摇滚明星的那天：“就想回家的时候摆一堆钞票砸在家里，把钞票砸在世界的脸上，砸在我爸妈的脸上，让他们看到我做摇滚乐是对的，我不需要走你们安排的路。”

1 斯卡，20 世纪 60 年代初在牙买加流行，是快节奏的音乐，传达乐观、快乐的情绪。

2 雷鬼，由斯卡音乐演变而来，融合了蓝调的抒情曲和拉丁音乐的元素。

在南宁，海龟先生的大男孩们找不到属于自己的位置——没有乐迷，挣不到钱，在醉酒的夜里他们只能绝望地发问，然后又像童话里卖火柴的小女孩儿一样，幻想着“静静地听，有个声音在说爱你，闭上眼，跟随她，就像跟着希望”……

那一时期所有的窘迫、苦闷和迷茫，化作灵感，或者希望，被他们写进了之后传唱度最高的那首《男孩别哭》——在那看起来欢快轻松的旋律下浸透着无助的哀伤。

“男孩别哭，美丽世界的孤儿，可我的心，我的家，在哪里在哪里呢，我的朋友……”

2

快来说 hello，
我们穿过了茂密的丛林

就在乐队几乎撑不下去的时候，成都小酒馆的主理人——摇滚乐摄影师蔡鸣给乐队发来邀请：“来成都吧，这里的环境也许能让你们活下去。”李红旗后来回忆：“当时没有一个说服父母让我们继续的理由，他刚好给了我们一个理由。”

2007 年，乐队搬到成都，开始以麻糖、小酒馆、蓝堂这样的酒吧、live house 为据点，靠商业演出、拼盘演出和音乐节维持生计。

而海龟先生特有的、裹挟着南方城市热浪与阳光的音乐，在这座崇尚享乐主义的盆地城市也收获了出乎意料的欢迎。每一次他们演出到《草裙舞》的时候，台下的舞池都会幻变成南方夜晚挂满彩灯的沙滩，观众们在其中尽情享受舞蹈和派对的狂欢。

一年之后，海龟先生就在小酒馆举办了乐队的专场。

那天小酒馆满满当当挤了五百多人。李红旗长发打卷，系着一条波希米亚风格的头巾，老麻套着睡袍一样的长衫，而蒋晗穿着女式背心，露着满身绚丽的文身，戴着一顶警察风格的黑色大盖帽。

这场演出在当时颇为轰动，海龟先生不仅在成都活了下去，而且找到了归属感。

成都，安逸、潮湿，就像一个温暖的旋涡，让海龟在这里停留。亚热带的夏季漫长湿润，诞生在圣诞节的海龟先生想拥抱阳光、沙滩、玫瑰，他们消解摇滚乐的批判精神，只想追逐快乐，尽情跳舞。在小酒馆持续两年的“永远年轻”系列摇滚跨年演出里，海龟先生人气飙升。他们还代表西南本土摇滚势力，登上了成都非常有影响力的热波音乐节，收获了大批粉丝，也赢得了跟随这个音乐节而来的北京音乐媒体和乐评人的关注和追捧。

3

放下了自己，才可以去认识你

2008 年 5 月 12 日那天，四川发生了强地震。彼时李红旗正在和朋友打游戏，输了游戏赌气的他并不打算撤出摇晃的楼宇，最后是被朋友们强行拖拽到小区广场上的。

烈日炎炎，避震的人群拥挤在小区广场上，很多人甚至没来得及换一身得体的衣服，大家三三两两聚成群，相互寒暄，讨论地震，继而把话题延伸到家长里短。这种突然而至的连接让李红旗不知所措："就在 30 分钟前，大家根本都不认识。"

随后震中地区灾情报道的不断涌现，则给了李红旗更强烈和直接的冲击。这是他第一次接触大规模生命逝去的信息与体验，死亡每天都在身边发生，他开始关心"活着的意义"，李红旗说："第一次，我开始在良心上无法接受虚无感——这些震前我所笃信的世界观。"

他开始意识到人不是一个个单独的原子，人需要找到一个共同体来满足归属感，来分担痛苦和快乐。

而对这些问题他是无解的。每天起床李红旗想到的都是"生命如果没有意义，我活着和死去有什么区别""作恶或为善真的都没有意义吗""人怎么来的，要去哪里""我的音乐到底想说什么"诸如此类的问题。

他陷入深深的自责与反思之中，没法再像之前那样毫无压力地奏唱那些欢快的、沙滩阳光般的音乐，这种消极延伸到了乐队生活的每一个角落，“那段时间特别糟糕，也觉得自己很无能”。

在这样的消极和抑郁中，有一天晚上李红旗接到朋友的短信：“我现在在一个很酷的地方，你要不要来。”他没多想便去了，到了发现是一个教会在为“5 · 12 大地震”举行祷告会，很多不同年龄的陌生人在为此流泪祷告。

他在现场也落泪了，因为觉得找到了一群和自己一样善良的人。但随着信仰的深入，他渐渐明白自己的眼泪不过是自以为是的“鳄鱼的眼泪”，如果不和真善美的源头连接，自己和“良善”一点儿关系也没有。

放下自己，谦卑克己，才能重新认识自己。就像他们的《玛卡瑞纳》唱的：“其实你一直就在这里，从来就没离开过我，放下了自己，我才可以去认识你。”《玛卡瑞纳》这首歌的旋律在地震之前就已完成，每次演出李红旗总是以龟语演唱，有了信仰之后，李红旗感受到强烈的负担和责任感：“人生的底色是绝望的，在这样的基础上，任何抵抗都会带来希望。”虽然自己的生活习惯还是不太好，但他觉得整个创作上的方向、人生的规划都重生了。

4

我们宁愿绝望也不信……
该往哪儿走呢？

2010年夏天，海龟先生到北京巡演，首次在愚公移山的演出就来了好几百个观众，摩登天空的沈黎晖和乌莉第一次看到他们的演出，就决定签下他们。在乐队成员商量之后，大部分人同意北上，陆续从成都移居北京。

谈及在北京的生活，李红旗说："北京是一个幸福指数巨低的地方，在那里生活是一种交换。每一个去北京的人，都知道是要拿出以前见识的一些东西去交换的，卖个好价钱，要不去那儿干吗？"蒋晗更积极一些，他融入了北京鼓楼与五道口的夜生活，与School的乐手和观众们打成一片，酒精充沛的夜晚，兄弟情谊、音乐现场、寒暄说笑，他更快地适应了北京。

这一年，乐队的同名专辑《海龟先生》发行，这张集合了他们从初中到大学，再到成都时期所有生活中的烦恼苦闷、无所事事和欢乐嬉闹的专辑，凭借《玛卡瑞纳》和《男孩别哭》这样的金曲揽获了大批的粉丝。

但毕竟这是经历了太久时间磨合而凝结的一张唱片，在他们眼里，《海龟先生》只代表他们的过去，南宁、成都，青春躁动，信仰来临之前的狂欢。他们急迫地想用"下一张"来表达当下的所想所思，用音乐超越自身的情感体验，去关注更多人的精神世界。

"信仰是在生活中可以超越残酷的现实，帮助自己不断矫正，重新燃起盼望的东西，我想将这种盼望分享给别人。”李红旗找到了自己和生活平衡与和解的出口，他想将这种体验通过音乐分享出来，让更多人听到。

这份愿景和期盼就是海龟先生的第二张专辑 *Where Are You Going*（《你要往哪儿走》）。在专辑的同名曲中，李红旗唱道：“我们宁愿绝望也不信，自己的灵魂没有内在的美德……该往哪儿走呢？”

5

若挣得全世界，赔掉了生命，又有什么益处？

Where Are You Going 这张专辑是乐队成员的思考趋于成熟以及渴望成熟、严肃和价值感的表现，也是乐队在音乐制作中更尊崇自己内心的表达。

早在 2014 年，乐队筹备新专辑的时候，李红旗就和蒋晗打好招呼：“不要想着我们能火了。以前的那些歌我写不出来了，继续表达以前那些主题，我会良心有愧。”

李红旗的变化牵动着整个乐队的改变。蒋晗接受李红旗的转变：“我又不喜欢看书，不喜欢学习，但还是想给这个世界带来一点儿什么，所以我要依靠着他做的东西。就像《海贼王》一样，路飞是精神支柱，但他也需要厨师、医生、副船长。”

李红旗单纯而迫切地想要把自己觉得有意义的东西传达给乐迷，他将 *Where Are You Going* 这张专辑的受众想象为“一些受过伤害的，并曾经用某种方式战胜过伤害，然后又继续遭受伤害

摄影 ©7 仔

的人”，理想中他们的年纪应该在 40 多岁到 50 多岁之间，“他们经历了苦难，知道生活的本来面目就是苦难”。

但实际上，来到现场听歌的人依然以“90 后”为主。演出现场，观众不满意新歌在意境和表达上的层层辗转，此起彼伏地喊着“躁起来”！李红旗反而想跟台下的乐迷分享一些关于“延迟享受”的体验——“那个时候，我是真的有点儿着急，大家躁完回家也就出了把汗——‘人若挣得全世界，赔掉了生命，又有什么益处呢’。”

乐队的坚持和台下观众的愿望产生分歧，进而引发了对抗，“他们来这里是觉得自己身上和我们有契合点，他们就是来寻找这个契合点的，可是最后却发现契合点不在这里”。对抗的结果就是很长一段时间内，大众对新专辑的评价呈现两极化，很多乐迷不买单，但乐队也不后悔：“在消费主义的浪潮中，摇滚乐的受众不断地被收编改造，你会发现音乐不停地在质疑和沉溺，却无法解决问题。”

2016 年，时间证明了海龟先生所付出的努力并非无意义，在海龟先生“最佳拍档”的巡演中，首轮 live house 巡演刚一开票，各站便接连宣告门票告罄。

在第二轮的 12 城巡演被升级为千人级别的剧场巡演后，多场依然卖爆，海龟先生得到了应得的认可，也为所有在回归内心世界和向消费市场妥协之间徘徊的乐队做出了榜样。

6

时间过去了十年，一切又好像从未改变

2017 年底，李红旗和家人又搬回了成都，“人生活在世界上总要对一个城市、一个群体、一种关系有所委身”。在经历了几次迁徙之后，李红旗觉得属于他的那个城市应该是成都。

蒋晗还继续留在北京，乐队需要演出、排练的时候李红旗就来北京集中工作一段时间，乐队一起演出、参加音乐节，其他行政事务全交由唱片公司处理。如果有整段的时间，李红旗就静静地待在成都，创作，思索，生活。

这样的辗转慢慢形成了默契，每个人找到自己的位置，又匹配好了与他人的空间和关系，反而轻松透气了一些。

蒋晗笑称乐队变成了“异地恋”，但距离产生美，效率也有所提高，“每次见面都特别开心，一起玩儿一起喝酒，都特别愉快，

包括做音乐的新鲜感都有了提高”。以前腻在一起，音乐上可以时不时偷个懒，现在聚少离多，凑到一起排练切磋，也更珍惜时间，抓紧进度。

李红旗回到成都后，在阿修罗乐队鼓手莫宏明的撮合下，又加回老麻的微信，恢复了联络。自然而然地，他就和海龟先生排练起巡演的曲目，虽然排练次数不多，但默契仍在，“有些东西可能也不需要花很多时间沟通，它还是在那儿”。

“（自己）像一个特别叛逆的小孩，不懂事的时候总和家里人吵架，一气之下就用最原始的离家出走的方式来宣告自己的立场和决心。”老麻回忆当初离队的情景，“不过离开乐队十年，回来之后发现乐队和大家好像都没有变。”

2019 年上半年的 16 城巡演，吉他手老麻回归，最初版本的《男孩别哭》可以再次被完整演绎了。

李红旗觉得老麻的回归也意味着自己和过去的某一部分终于和解，一切就像画了一个圈，最终又连接在一起，那些超越时空的友谊和默契从未离开或者消失。

时间过去了十年，一切早已不同，但一切又都好像从未改变。2019 年 3 月，乐队发布了成立十五年来的第三张正式专辑——《咔咪哈咪哈》，这是动画片《七龙珠》中龟波气功的发音。

如今海龟先生练成了一套“龟波气功”。登台表演前，成员们会站成一圈，手掌前推，仿佛“龟波气功”的能量正在汇聚。如果说《海龟先生》轻松、欢快，*Where Are You Going* 严肃、内省，那么《咔咪哈咪哈》更像是前两张专辑的一种融合，更加睿智和豁达的海龟先生试图把思考隐藏在欢快和轻松的氛围感中。

“《咔咪哈咪哈》比前两张稍微聪明一点儿，”李红旗在歌词里埋着诸多线索，供真诚的人去捕捉，“这张专辑是一次有意思

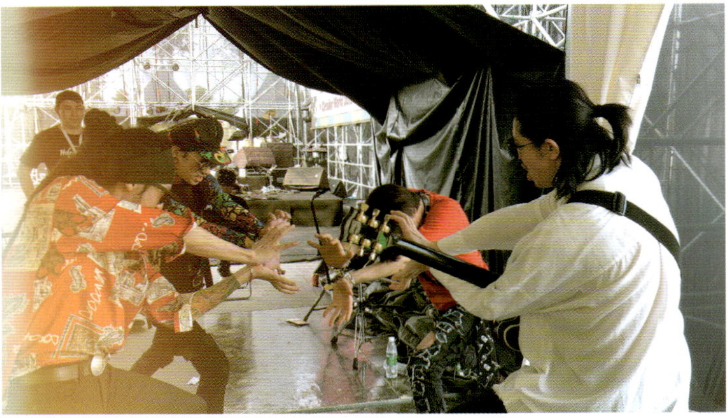

的尝试，也许说话的时候可以不用太大声、太严肃，那样容易把人赶跑。”

也许是觉得过去在 *Where Are You Going* 中有太多的说教，使乐迷在听歌的过程中产生了抵触，也许是乐队经历过北京的生活后将一部分精力又分配回自身和家庭。如今他们委婉谦虚地认为，表达自己身上的问题会更诚实一些，新专辑中的《我》就是在经历了太多之后，乐队把注意力重新放回到自身后的一次审视和表达。

迁徙的海龟先生用缓慢的迁徙和改变完成着关于自我的救赎与出口，并试图用音乐传递更多能量。他们并没有很快前进，也没有迅速爆发，而是带着内心的疑惑这样缓慢地行走、寻找，从南到北，又从北到南。

如今虽然分隔两地，但海龟先生更加笃定了：“我们三个从最懵懂的时期，什么都没有的时候，就建立起了一种信任、信念，这个东西对我们来说才是最重要的。现在做的这种东西，是我们想建立一个世界，它是属于我们自己的，我们不是为别人去做这件事情。”

波折之后，海龟先生如今想明白了“活着的意义”这个问题，就像李红旗说的：“我希望大家愿意承受身体上的痛苦，愿意承受工作上的不幸，但是一定要保守自己最纯真的那颗心。灵魂的自由是第一自由。”

回到去年《乐队的夏天》，在“少年时代”主题赛这一场，海龟先生翻唱了《蓝精灵》和《忘记他》，这对乐队来说是挑战也是隐喻。童年对美好和同类的向往隐藏在秘林之中，值得一生去寻找。但在比赛现场，海龟先生最终因为票数较低而被淘汰，没有遗憾，他们坦然接受了这个现实。他们并不想成为大放光芒的人，李红旗将结果视为神的恩典。在他看来，能够克服自己原有的一些执念，来参加这样一场比赛，也是神的指引。

海龟先生到这样的环境里走一趟，像是一种考验，既要传达他们特有的音乐理念和精神诉求，又要克服在比赛机制下产生的与人竞争的求胜欲、那种孔雀开屏的心理，从而更坚定遵从自己内心的指引，完成属于自己的表达。在经历了重重考验之后，又安排海龟先生优雅得体地退场，“这是神对我们的‘保守’”，李红旗解释道。

“人生的底色是绝望的，
在这样的基础上，任何

摄影 © 张迪

阝会带来希望。”

——李红旗

1

2

3

4

Pogo 不如跳舞 （Pogo is No Better Than Dance） 1 *2005*	**海龟先生** （Mr. Seaturtle） 2 *2012*
Where are you going ? （汝欲何） 3 *2014*	**咔咪哈咪哈** 4 *2019*

刺猬

昔日青春纷纷老去，
只有少年依旧横冲直撞

夏天侧记

“美好的青松岁月怎能未老先衰”，尽管《生之响往》像是拽住青春尾巴不肯撒手却又无奈看它远去的一次盛大告别，刺猬摇摇晃晃，终究坚持了下来。所以他们还是唱着：“人生绝不该永远如此彷徨，它一定不仅是梦幻觉与暗月光。”

从一支乐队走红到一个人生活轨迹的改变，也许每个人命运中的偶然与必然都是被预埋好的。经由《乐队的夏天》这个综艺节目，刺猬乐队在社交网络上的粉丝数从三万涨到七十几万，这支已经成立了十四年，出过八张专辑，做过无数次巡演、上过无数次音乐节的乐队，终于在大众层面被人熟知，以极高的人气和赞誉迎来了自己的“夏天”。在节目中，吊儿郎当的程序员赵子健和单身妈妈石璐自身的故事就已经让很多人唏嘘落泪。

而在舞台上，刺猬乐队炸裂的现场挥洒着无尽的少年感、丧燃和蓬勃的活力，更是令人印象深刻，他们刺激到了一大批的“社畜青年”上班族：“哇，原来生活还能这样！”刺猬乐队的存在

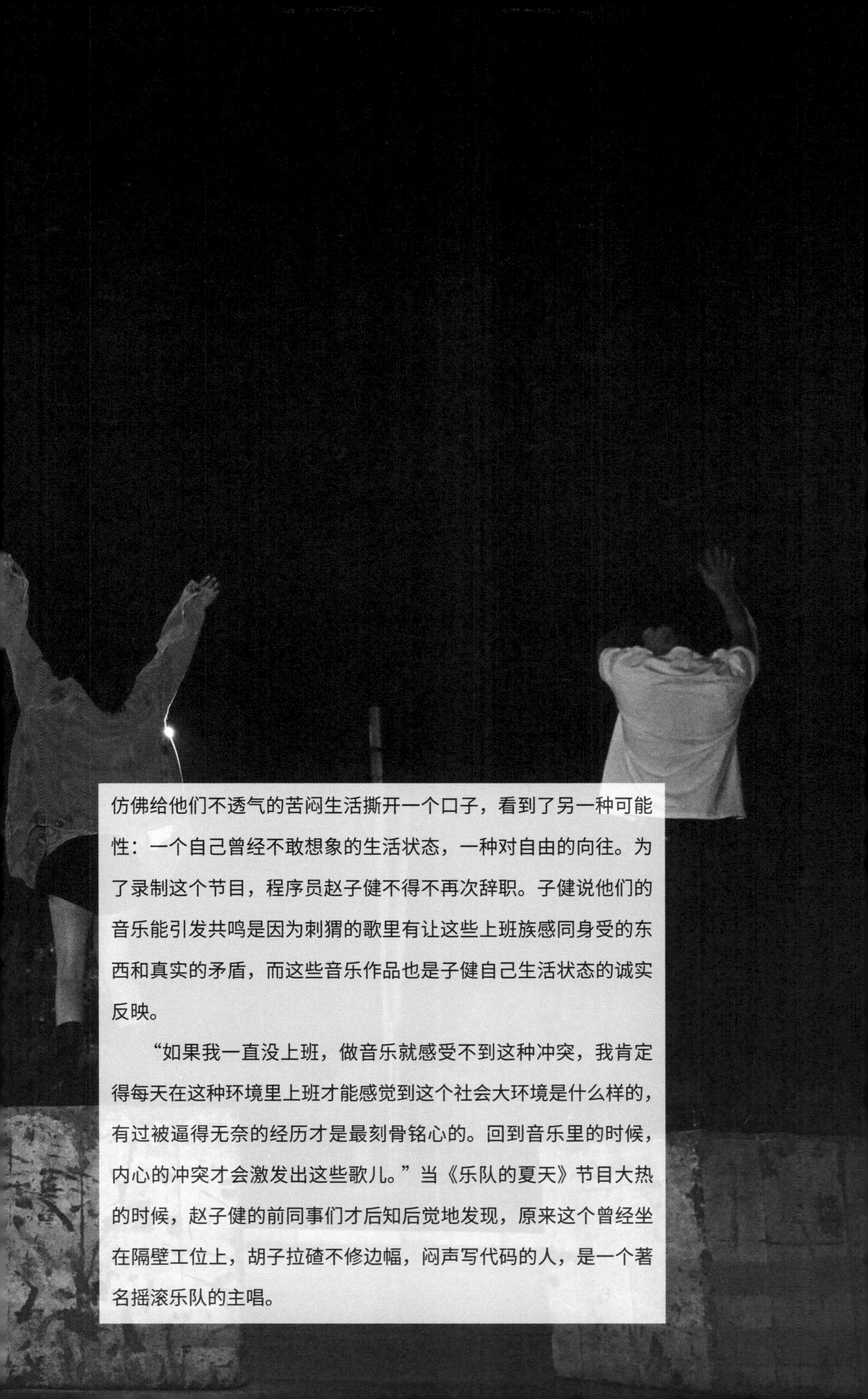

仿佛给他们不透气的苦闷生活撕开一个口子，看到了另一种可能性：一个自己曾经不敢想象的生活状态，一种对自由的向往。为了录制这个节目，程序员赵子健不得不再次辞职。子健说他们的音乐能引发共鸣是因为刺猬的歌里有让这些上班族感同身受的东西和真实的矛盾，而这些音乐作品也是子健自己生活状态的诚实反映。

“如果我一直没上班，做音乐就感受不到这种冲突，我肯定得每天在这种环境里上班才能感觉到这个社会大环境是什么样的，有过被逼得无奈的经历才是最刻骨铭心的。回到音乐里的时候，内心的冲突才会激发出这些歌儿。”当《乐队的夏天》节目大热的时候，赵子健的前同事们才后知后觉地发现，原来这个曾经坐在隔壁工位上，胡子拉碴不修边幅，闷声写代码的人，是一个著名摇滚乐队的主唱。

1

世道变了，体面地活着变成了更艰难的事

子健从没把做乐队这件事当成一个赌注。在他看来，如何平衡工作与做乐队实在是个非常简单的选择题。

作为北京航空航天大学毕业的理科高才生，找一份程序员的工作对他来讲一直都不是什么问题，乐队的发展才是永远的第一顺位，而薪资不菲的程序员工作只能算是他的“业余生活”。

即使这个节目没红，他也不曾觉得自己选错了。这样的想法放在同龄人面前，恐怕会因觉得过分冲动幼稚，而发出不赞同的“啧啧”声。

“少年感”与“混不吝”在刺猬乐队身上的真实呈现，无疑也是歌迷自身境遇在他们身上的一种投射。

从子健高中时代听涅槃乐队开始，他就认定自己喜欢这样的音乐，要做出比这更牛的音乐。时代风云变幻，涅槃的主唱柯本在 1994 年时就死了，如今再有乐手说喜欢涅槃是件非常土的事情，新裤子乐队从不掩示对他们的嘲笑。

但子健非常认真，直到今天都喜欢，有太多摇滚明星死于 27 岁，坚信摇滚乐精神的少年们有一个暗号叫“27 岁俱乐部”，那里的人都没有想过太多明天，信奉“与其苟延残喘，不如从容燃烧”。

可慢慢世道变了，体面地活着变成了更艰难的事。

赵子健今年 36 岁，在他身上找不到半点“成熟”的踪迹。与同龄人相比，他似乎一直有所滞后。他那些横冲直撞的歌词，唱歌时锐气十足的嗓音，说话时爱憎分明的态度，都在昭示这

一点。

听他的歌，你绝对不会想到这名混不吝的少年已经从“27岁俱乐部”毕业十年了。

赵子健调侃说：“那会儿想的是活到27岁就死了，燃烧青春呗。过了27岁，发现没死。那就接着活，接着玩儿呗。后来大家都不想死了。年轻的时候都挺傻。”

想了一会儿，他又补充道：“其实现在也挺傻的。”

不知如何走入下一阶段，所以不知如何告别青春。年纪上早已超龄，心态上却总在拖延成长。也许这就是刺猬的“青春感”，但外界一直在改变，周围的人似乎都在往前走，比如石璐。

2

创作不可以推动，
但生活可以推动一下

2015年，Nova Heart乐队[1]在愚公移山酒吧的一场演出中，石璐兴奋地向观众宣布自己“有喜了”！从一个暑假在少年宫里打鼓的小姑娘，到一个摇滚乐队的女鼓手，再到女鼓手与男主唱恋爱分手长大，与别人结婚生子离婚成为单身妈妈，石璐做的每一个决定都是依靠直觉的本能，义无反顾地往前走，似乎只有不断往前才能让她感觉踏实。石璐说自己是那种很简单、一根筋的人，做自己想做的事情就好了。在刺猬这个乐队里，她加入，离开，又回来，希望跟着乐队一起成长，作为一份事业去好好经营。

---

1 中国电子摇滚乐队，石璐曾是乐队的鼓手。

生完孩子后，石璐带着孩子，和父母在西双版纳生活了一段时间。在这个被称为“人间天堂”的地方，石璐却不时地感觉心痒痒。

她天性好强，早已习惯了北京的快节奏和每天扑面而来的新事物。而此时这么松弛地待在“人间天堂”，她感觉快要废了。她想起子健说过的话：“创作这个东西是不可以推动的，但生活是可以推动一下的。”

于是她一边带孩子一边自己学软件，用 iPad 录下了《勐巴拉娜西》的小样。时值春节，样带里还依稀能听到隔壁屋打麻将的声音。这是石璐第一首严格意义上独立创作的歌曲。写完后她心里没底：“这东西是好还是不好啊？”

她拿给其他人听，有的朋友觉得太简单了，没什么深度，有的朋友觉得不够完整，直到拿给赵子健，他听完一下就认可了，“你甭管他们，简单就是最真的东西”。石璐的心这才放下了：“只要他说没问题，那就没问题了。”

赵子健是刺猬乐队的主心骨，在音乐上石璐完全信任赵子健，他也是整个乐队和其他人的程序员，看看人生的后台数据，来判定别人有没有问题。

在乐队里大家互相理解支持，但在生活上石璐拥有了完全自己做主的人生，“当了妈妈后更成熟，我会站在别人的角度去想问题”。是的，她已经不再是七年前那个跟子健挤在鼓楼那间 400 元的出租屋里，冬天炒菜还要把电磁炉甩到室外去的姑娘了。

3

一场又一场“24 小时摇滚聚会”，就是他们的青春期

刺猬乐队组建第二年，赵子健和石璐成了一对情侣。2008 年的鼓楼，赵子健与石璐租住的平房不到 15 平方米，只有一个房间，夏天潮湿冬天漏风。

有一次两人从美国巡演回来，发现平房的玻璃被路过的挖土机敲碎了，玻璃碴和垃圾撒了一床。但那并不是赵子健住过最糟糕的地方，他还经历过更糟的。曾经有阵子他房租到期又辞了职，没有收入，更不想回父母家。赵子健索性在他们长期租用的安德路的那间排练室支了个床，天天住在里面。排练室在地下二层，潮湿、阴暗，全是螨虫。有时早上醒来，子健发现整个脸都是肿的。

共用安德路这间简陋排练室的还有 Snapline、Carsick Cars、Golden Driver 等乐队。来自美国的金融学家迈克尔 · 佩蒂斯创

建了兵马司这个独立厂牌，收编了其中的一些乐队，并在五道口的蓝旗营创立了 D-22 俱乐部，那是北京一代摇滚音乐人的精神庇护所和已遗失的共同记忆。

而中国的摇滚乐经历了 20 世纪 80 年代崔健的横空出世，90 年代由唱片工业蓬勃发展催生的以黑豹、唐朝和魔岩三杰为代表的主流摇滚乐以及由“麦田守望者”“新裤子”“地下婴儿”为代表的“北京新声”这三代之后，在 2005 年到 2008 年里来到了一个崭新的“北京超新声”一代。

那时的北京很开放，在奥运会的带动下，北京的外国人多，文化先锋，音乐氛围好。那时，音速青年（Sonic Youth）[1] 这样的先锋音乐鼻祖也曾来北京演出，感觉全世界的摇滚青年生活在一起。Carsick Cars、Snapline、嘎调、刺猬、后海大鲨鱼、怪力……这些乐队在同一时期几乎同时出现，他们的共同特点是都由北京名牌高校的大学生组成——学习优秀，才华出众，大部分人除了做音乐，可能也画画、做设计。

他们身上有完全不同于上一代的摇滚气质和精神，他们的核心受众是那批文艺气息最重、理想主义（但如今已渐渐消失）的中年人——“80 后”。

作为“北京超新声”一代的重要一分子，刺猬乐队也活跃在那一时期。就像在《乐队的夏天》“理想世界”那一集，刺猬演绎了《24 小时摇滚聚会》，这首歌收录在他们《白日梦蓝》专辑里，展现的是曾经的摇滚青年们聚集在 D-22 俱乐部里，一场又一场的 24 小时摇滚聚会，那就是他们的青春期。

石璐回想起那段时光依然激动，“灯光打在你的头发上，你

1　音速青年，1981 年发迹于纽约的美国摇滚乐团，是美国首波噪音摇滚浪潮的推手，被视为另类摇滚潮流兴起的核心乐队。

能感觉到所有人的发丝在颤抖，灯穿过他们的发丝照到你的脸上，特别美，挥洒着汗水，荷尔蒙洋溢”。

刺猬从一开始就创作力爆棚，从最早的迷你专辑 *Happy Idle Kids*（《快乐的懒孩子》）到专辑《噪音袭击世界》《白日梦蓝》《甜蜜与杀害》……他们几乎每年都要发一两张唱片，同时期的 Carsick Cars、Snapline、嘎调等乐队也都拿出了代表水准的处女作，那时候所有“北京超新声”一代的参与者都感觉拥有改变世界的能量，大家既是战友又互相较劲，彼此激发灵感。少年穷得叮当响，又仿似一切都充满了希望。

早期 D-22 的“80 后”歌迷们回想起那段时光唏嘘感慨，有着“我们一起努力，一定能迎来一个新世界”的理想主义。2012 年 D-22 暂停营业，一切刚刚开始又似乎无言结束。

4

做了所有努力之后，你发现自己还是很孤独

赵子健和石璐的恋爱终结于 2013 年，那阵子他们依然生活穷苦，日子过得更是乱七八糟。由于经济压力、状态不好，在社会中一直处于边缘，赵子健更不爱与人相处了。有人会认为这是摇滚人的叛逆、愤世嫉俗，其实不然。子健一直是一个社会化比较低的人，这也是他为什么选择程序员这个职业，因为程序员不用跟别人沟通交流。他说自己最难受的，不是没有做过努力，而是做了各种尝试想融入集体：去上班，和同事相处，最后发现还是融不进去，还是没有几个能走心的朋友。

“那种感觉其实是最难受的，做了所有努力之后，你发现自己还是很孤独。”

石璐搬走后，赵子健转而对宇宙产生了莫大的兴趣，时常在自己的小平房里一个人看关于宇宙的科普纪录片。看得越多，他越觉得人类特别渺小，就是一颗尘埃，谁都别把自己太当回事。“没有什么是永恒的。”

一直以来，刺猬乐队都保持着很高的发片频率。而同时期的其他乐队，后海大鲨鱼更明星化一些，截至 2013 年也只出过四张专辑；Snapline 到现在只有两三张专辑，李青更愿意以制作人的身份在刺猬现在所在的赤瞳音乐上班；Carsick Cars 的张守望沉迷于实验与即兴；嘎调早就解散了，主唱詹盼一直在做设计的工作，音乐上虽在持续创作却不愿意轻易拿出来。

有人说他们这样才是爱惜羽毛，相比之下刺猬已经出过八张

专辑，很多作品被资深乐迷或乐评人诟病像是“未完成”，而他们的演出现场也显得有些粗糙。

子健不在乎这种论调，他对于要表达的东西几乎是以一种执意去抓住当下的冲动，当下想表达的冲动只在当下的时刻才有意义。

石璐说：“子健有特别强的时间感，他觉得此时此刻，或是现在一年之内我要表达的就是这样，不需要多完美。如果慎重地等一等，这东西就没了，他也不想唱了。”

2009 年，刺猬的第一任贝斯手朱博譞与赵子健在音乐理念和审美上的分歧越来越大，最终朱博譞选择了退出。何一帆在这时加入刺猬，石璐的考量是，他是个“未来也能稳得住的人”。

何一帆性格简单直接，从不逃避问题，会主动拒绝不适合自己的东西，也不想争取融入环境。“子健的性格是比较冲的那种，他眼睛里揉不了沙子。我倒不是那样的，比如碰见不喜欢的人，子健可能就撤了，我可能会硬碰硬。”石璐说她不希望三个人性格都很强，虽然那可能会碰撞出非常好的东西，但也有点儿冒险，未来不可预测。事实证明，石璐的选择是对的。

何一帆是刺猬乐队里最沉稳的一个人，他总是知道怎么看待与调解乐队遇到的矛盾。他认为：“一个乐队争吵是不可避免的，想法上有分歧很正常，但大家目标是一样的，为了做出好的作品。”

所以日后在石璐也快坚持不住，乐队遭遇解散危机之时，是何一帆把乐队最珍贵的东西一件件捋顺，讲给石璐听，最终使得石璐决定坚持下去。如果当时石璐没有坚持下去，刺猬乐队分崩离析，也就不会再有《生之响往》这张专辑。

5

暗无天日却光芒万丈，压抑苦涩又热血飞扬

《生之响往》是刺猬乐队酝酿最久的一张专辑，历经四年，这期间依然是看不到希望：赵子健在生活的低压旋涡中挣扎，石璐结婚生子又离婚，经历了人生的重大转折，乐队几乎处于停滞状态。

但子健一直没有停止创作，他把积累的一些好的念头、作品拿出来重新发布，这次他特别认真："可能因为我快 36 岁了，还是想摇滚一把，再老一点就没有这劲头了。"

也正是快 36 岁了，这张专辑比之前大家都是二十几岁的状态时创作的音乐多了很多质感和层次。

他们的歌迷也处在而立之年，被生活卡住，忙着升职加薪、结婚生子，逐渐忘记了摇滚乐带给他们曾经的热血与激情。

刺猬乐队在 36 岁的当口一回望，引发了很多老听众的情感共鸣，这也是《火车驶向云外，梦安魂于九霄》为什么听起来像一曲青春的绝唱："一代人终将老去，但总有人正年轻。"

2018 年，刺猬乐队签约了太合集团旗下的新晋厂牌赤瞳音乐，主理人是当年兵马司的同事海丰，而 Snapline 的吉他兼键盘手李青是这张专辑的制作人。"她身上有我们缺失的一种东西"，石璐很谦虚地说到李青。

在 2018 年那个转折点，海丰、李青这些 D-22 时期的战友以厂牌邀约人的形式在刺猬的生命中出现，一切写好的定局，反

而有了一些反转。刺猬一直有潜在的大众市场，只是缺少一个可以让更多人知道的大平台。当李青把他们积累了四年的作品《生之响往》分成四类，并让石璐去编三部和声的时候，刺猬确定李青足够了解他们想表达什么。

《生之响往》中的主打歌《火车驶向云外，梦安魂于九霄》，上线网易云音乐 24 小时内就收获了上千条留言。这首歌带给每个还在青春岁月，或者还在怀念青春岁月的人的心灵冲击都是极大的。

贝斯手何一帆至今忘不了自己刚拿到这首歌词时的感受："看到最后一句'一代人终将老去'时，我的后脊梁骨都发麻了。我自己都没意识到原来自己已经 36 岁了，感觉人生可能要翻篇了。但'总有人正年轻'，这句话让我觉得自己又回来了。"它就像是对青春的一场盛大告别，在晃晃悠悠的当口，刺猬几次要放弃，但最终还是坚持了下来。

从 2009 年《白日梦蓝》中的"青春是青涩的年代"，到十年后《生之响往》中的"美好的青松岁月怎能未老先衰"，刺猬有一种不断拖曳着自己的青春，但最终只能看它走远又无能为力的悲壮。

6

只有少年才不会被经验主义框住，不会被市场考量改变

与对待生活的无力感不同，在音乐创作上子健非常自信。"我的原则就是得简单，没有废话。我喜欢的音乐都是那种特别

干净的，吉他、贝斯、鼓三条线，都能听清楚，特别简单的。我录吉他，能不double（指双吉他）我就不double，要是非得录两个，更好听或什么的，必须得告诉我这么做的原因。不应该怀疑自己。那种觉得刺猬太简单，随便玩儿都会比我们好的人，实际上他怎么玩儿，也玩儿不出刺猬的音乐，或者等他真正唱刺猬的歌的时候才知道这有多难唱，他才感觉到这里面动了多少心思，但展现出来的东西是很简单的。其实这种东西才符合我的审美，乍一看平淡无奇，但在细节里挖，会发现惊喜。就像'刺猬'这个名字，不是特别张扬，但也是扎人的。”

这也是很多人觉得能从刺猬的歌里听出少年感的原因之一，因为只有少年才会不被经验主义框住，不被市场考量改变，才能写出这种横冲直撞、充满生命力的作品。在表面的“糙”之下，子健一直在做减法，使歌曲能够表达出最直白的冲击力。

他相信这是好的东西，这种自信不用乐评人评价，也不需要市场、媒体甚至票房的认可。无论台下是现在的成千上万人，还是以前的几十几百人。“就算台下一个人都没有，只要我们三个人觉着这首歌我们足够喜欢，这是我们拿出的好东西，就会要站在自己这边。”

在这一点上，《生之响往》的制作人李青与他们的心态完全一致：“就像我非常清楚Snapline做的是什么东西，现在也一样，没人听我也认这个东西。没人听不要紧，这不是很牛吗？”

被《火车驶向云外，梦安魂于九霄》圈粉的大众一开始可能并不理解这首歌的歌词，很多乐评人也无法评判刺猬的歌词是好还是坏。“我那些烂曲流窜九州……”子健的歌词是他独创的，他的语法结构和用词从不按套路出牌，粗糙、真实、意外，也感人至深。子健认为“歌词不能很满，要给人留有想象空间，还有断句，都跟音乐结构有关系”。

在文字上子健也贯以“极简”，像《火车》这首歌最后是四段，但最初子健写了二十段，然后再挨个过滤筛选，留下最值得的部分。哪怕要重组结构和自创词汇，还得保证直白易懂，何一帆称这种风格是“赵氏文言文”。

“真实的情感是不能给它设定条条框框的，那反而限制了创作。创作其实很简单，一定基于真诚，或者你知道什么是对的。你发现你不能诚实的时候，事儿就不对了。”

关于一首摇滚作品的好坏，评价变得模糊。在目前这个无论是乐评人、专业乐迷、大众、媒体，似乎都是以流量作为评价标准的时候，子健依然非常确定自己的创作是好是坏：“这就像一个编剧的工作，什么才是好片子？得有角色，得有冲突，比如《蝙蝠侠》，有了蝙蝠侠就得有小丑。片子为什么好？蝙蝠侠所有坚持的东西都是小丑想破坏的，永远是对立面。”子健说，“在我的心里，永远有蝙蝠侠，也有小丑。”

7

所有人在理想主义和现实生活中苦苦支撑，不知前程，又一往无前

随着《乐队的夏天》的播出，刺猬乐队的人气越发高涨，子健已经决定不再去找下一份程序员的工作了，这支成立了十四年的乐队终于为了一支“专职”乐队。

他一直强调摇滚乐是属于年轻人的，35 岁之后可能就不那么摇滚了。不过 35 岁之后，他的人生又会通向哪里呢？谁也没有确切的答案。

对于未来的创作，子健并不担心，他在生活中依然处于难以自洽的状态，这与生活境遇是否改变无关，因为“心里追求的自由，或者你想象的那个状态跟你的现实生活矛盾实在太大了。足够敏感的人能够感受到这里头的东西，然后激发灵感”。

纵向来看，把刺猬的人生进度条拉到 2019 年的这个夏天，这一切仿佛有了戏剧感。通过节目，刺猬自豪地站了出来，但同一时期其他乐队成员——属于成立了十年以上的乐队，但又不是中国摇滚神话里记录的那些明星——他们每一个人身上都有着类似“刺猬”的故事，却也在理想主义和现实生活中苦苦支撑。

其实对于和他们一起长大的这批“80 后”乐迷来说，又何尝不是这样？身处同样的大环境之下，我们追求自由也被各种问题局限，有着同样身不由己的渺小感却不认𡒄，所有人都在这时代的洪流中，不知前程，只能凭着一股真气向前闯。

唯一能确定的是赵子健说的那句话：“如果有一天我们大家

都很舒服了，我们也不需要摇滚乐了。”

（本文初稿由郭小寒、大豆共同创作。）

“人生绝不该永远如此彷
它一定不仅是梦幻觉与

飞。”

——刺猬《生之响往》

1

2

3

4

5

6

7

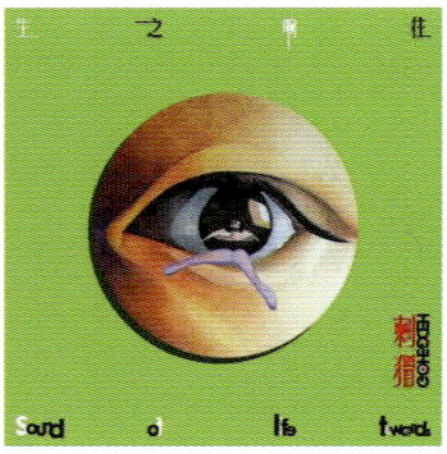

8

9

Happy Idle Kid 1 *2006*	**噪音袭击世界** (Noise Hit World) 2 *2007*	**Blue Day Dreaming** 3 *2009*
Honeyed and Killed 4 *2011*	**Sun Fun Gun** 5 *2012*	**幻象波普星** (Phantom Pop Star) 6 *2014*
神经元 (Neurons) 7 *2015*	**生之响往** (Sound of Life Towards) 8 *2018*	**赤子白仙** (A Newborn White Immortal) 9 *2020*

Carsick Cars

在噪音里大梦初醒，
在浪潮中继续造梦

夏天侧记

“重要的是找到你自己的声音。”张守望说。作为一支噪音摇滚乐队，Carsick Cars 登上乐夏的舞台，多少让他们的老乐迷有些吃惊。从地下丝绒到音速青年，这些曾经是 Carsick Cars 精神导师的乐队，在他们所处的时代里也为那个娱乐化的世界提供了一种反思甚至“破坏”。

而 Carsick Cars 乐队张守望、李青、李维思三人除了做这个乐队，也都有各自专注探索的实验音乐项目，与人群无关，他们想通过音乐表达的是他们严肃的思考与存在。

在参加比赛之前，乐队的三位成员对自己的定位诉求就非常

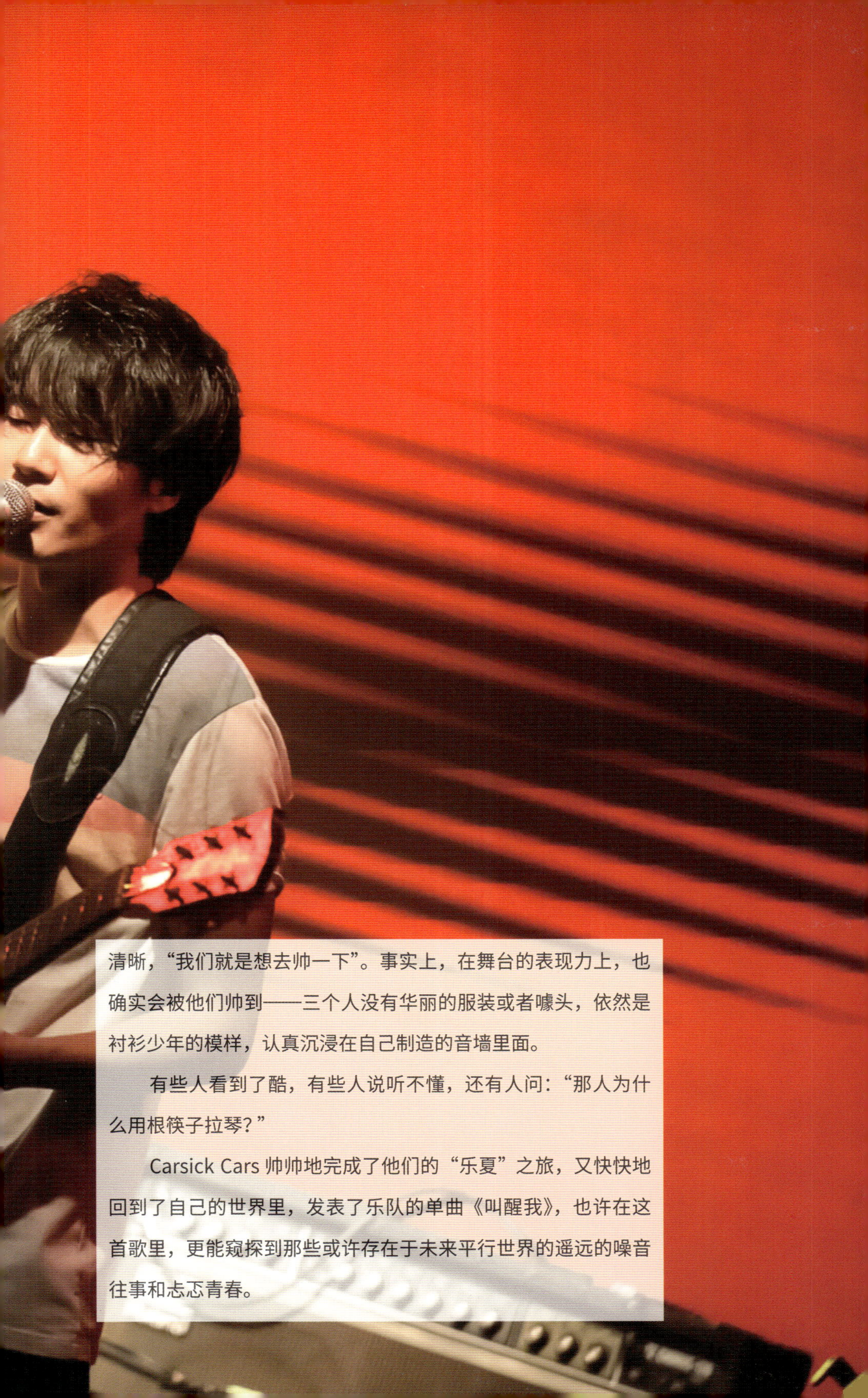

清晰，“我们就是想去帅一下”。事实上，在舞台的表现力上，也确实会被他们帅到——三个人没有华丽的服装或者噱头，依然是衬衫少年的模样，认真沉浸在自己制造的音墙里面。

有些人看到了酷，有些人说听不懂，还有人问：“那人为什么用根筷子拉琴？”

Carsick Cars 帅帅地完成了他们的“乐夏”之旅，又快快地回到了自己的世界里，发表了乐队的单曲《叫醒我》，也许在这首歌里，更能窥探到那些或许存在于未来平行世界的遥远的噪音往事和忐忑青春。

1

穿越，
安德路隐秘的时光机

在北京安德路一个社区的地下停车场里，隐藏着几处地下储藏室，Carsick Cars 的排练室就在其中，曾经隔壁房间里还有 Snapline 和刺猬乐队，他们时常因为排练的时候动静太大，被投诉扰民。Carsick Cars 比较幸运，与物业协调之后，这间走廊尽头的小屋子被保留下来，如今只有 Carsick Cars 还在这里排练。这是北京一处很普通的居民楼，普通得像我们的日常生活，而这些隐藏在地下室的秘密基地，才是生活中那些异质的光。

Carsick Cars 在这里排练有七年了，那天我去看望他们，穿越迷宫一样绕进地下室通道，在排练室外的墙壁上看见一张硕大的蜘蛛网……走进房间，潮湿的气味混合着烟味不断发酵，不足十平方米的小屋内陈设简单，除了一张旧沙发外基本都是乐器、音箱和线材。房间的墙壁上挂着王旭、赵子健不知何时的涂鸦，在一块巨大的“兵马司”2012 年合辑手绘海报图案的防水布下盖着杂物。

Carsick Cars 如今每周在这里排练两三次，李青坐在对门的架子鼓旁，张守望和李维思背对着门，三个人围成小圈，自洽而默契。当三大件乐器响起，编织出熟悉的旋律时，恍惚间时间仿佛静止，仿佛掀开那块防水布，你就能跳回到 21 世纪的第一个年轻、躁动的十年。Carsick Cars 的新歌《叫醒我》，讲述的也是这样一个十年的梦境，制造噪音的少年们如今都已长大变成熟，但他们还在自己的空间里继续造梦。

2

校内网，相识初见

2005 年 3 月，在北京理工大学读大一的张守望在校园 BBS 上发帖问有没有人听地下丝绒（The Velvet Underground）[1]、音速青年与 Joyside，李维思在下面跟帖说自己电脑里存着他们的音乐。张守望就跑去李维思的宿舍找这些音乐，看到这位学长的桌子旁边还摆着一把贝斯，张守望随口问李维思“要不咱们一块儿玩儿乐队吧”，李维思答应了。此后，两个人抽空就去教学楼的地下室里排练。

同年，已经大四的李青感到了一丝焦灼，作为一个天津人，李青来北京上大学的目的就是想玩儿乐队，眼看就要毕业回家了，这个心愿仍然没有实现。她偶尔会跟她的小学同学陈曦在一起排练，陈曦是主唱，李青是吉他手兼键盘手，捣鼓出来的音乐太单薄，两个人觉得还得找一个人弹贝斯。李青多方打听，知道学校一处地下室有俩人经常排练，于是抱着挖人的目的，跑去旁观。

这俩排练的正是张守望和李维思。这一趟，不仅李青成功把李维思挖到了自己的乐队 Snapline 弹贝斯，同样为乐队鼓手席位犯愁的张守望和李维思也找到了李青来做 Carsick Cars 的鼓手。

回想起相遇相识的缘分，三个人至今依然表示“太幸运了，

1　地下丝绒乐队，1964 年组建的一支有深远影响的美国摇滚乐队。他们在摇滚史上极其重要，有一种说法是“每一位朋克、后朋克和先锋流行艺术家在过去的几十年中都欠了地下丝绒乐队一笔灵感的债务”。乐队被授予 2017 年格莱美终身成就奖。

而且现在看，三个人还能在一起玩儿一辈子”。后来不止一次，一头短发、上身T恤、下身牛仔裤、踩着帆布鞋的李青，感叹如果自己从来没有去地下室见到张守望和李维思，现在的生活方式肯定完全不一样了，可能连穿衣服的品位也会不一样。

于是，2005年，同一所学校——北京理工大学，诞生了Carsick Cars和Snapline两支乐队。张守望回忆刚开始排练的时候，三个人连乐器都不怎么会弹，但因为大家水平都旗鼓相当，所以也都不拘着，敢玩儿敢试，自信的他们就“制造噪音”，在极有限的能力范围内做出了自己想要的音乐。同样，他们也将创造属于自己的历史——这场未来已然超过十五年的音乐冒险之旅就正式开始了。

3

初试啼声，时代在呼唤

2005年5月，Carsick Cars在母校举办了乐队的第一场首演。同年10月，Carsick Cars和哪吒、Snapline、后海大鲨鱼一起组织并进行了名为“No Beijing”（无北京）的北京、上海、杭州三城小型巡演，引起了很大的反响。2006年，Carsick Cars和其他一些年轻乐队活跃在北京的各个演出场所，在5月参加了无名高地酒吧举行的“向Joy Division致敬”的演出。随着年轻一代乐队不经意间的集体发声，彼时北京摇滚乐日趋单调和乏味的气氛逐渐被打破了。

2006年，来自美国的金融专家迈克尔·佩蒂斯在北京看到

这么多年轻的音乐人和艺术家缺少良好的音乐氛围和观众，就在五道口的蓝旗营创立了“D-22 俱乐部”，并于 2007 年成立了“兵马司唱片”这个独立音乐厂牌，签约了 Carsick Cars、Snapline、Joyside 等乐队，构建了北京新一代摇滚音乐人的精神庇护所和共同家园。

当时在 D-22 俱乐部里没日没夜的摇滚聚会中还有刺猬、嘎调、赌鬼、怪力、后海大鲨鱼等一批新乐队，他们几乎都是名牌大学毕业，意气风发，有自己的审美和表达冲动。在 D-22 台下聚集的也不光是乐队，还有年轻的插画师、摄影师、作家和电影人等，大家都聚在那个空间和时间节点上，互相激发和促进。相对于十年前开创了中国内地摇滚新风潮的“北京新声”，这些在小场地、小舞台上焕发青春的 80 年代生年轻人成了“北京超新声”一代，他们不必去迎合谁，不必去模仿谁，却身体力行地创造了一个新的时代。

当时，著名的乐评人颜峻如此描述包括 Carsick Cars 在内的年轻新乐队所产生的影响：“他们是惨绿少年的同伙、呕吐少年的瓷器，全都是在小场地、小舞台上焕发青春的沉默寡言的 80 年代陌生人，他们甚至没有发明什么崭新的语言，也许是因为时代已然旧了，那些 80 年代的地下声音，现在反倒成了他们的本能……”

Carsick Cars 的演出现场无疑是令人瞩目的，在噪音的裹挟下，他们的音乐另类醒耳，歌词简单隐喻，台风冲撞直接，当时脍炙人口的《中南海》仿佛丢入年轻人中的炸弹——每当凌厉的吉他前奏飞舞起来，乐迷们便将整盒整盒的中南海点 8 抛撒向舞台，以此回应乐队。

2007 年 4 月，Carsick Cars 在 D-22 俱乐部举办“以噪音的名义向音速青年致敬” 演出，同年 9 月，Carsick Cars 被邀请为音速青年中国行在北京星光现场演出的嘉宾，无奈的是，在演出前一小时他们接到通知暖场被取消了。前一日还喜形于色，担心准备不够的三个年轻人在后台为这措手不及的通知感到无奈和失落。在这之后，也许是出于歉疚，音速青年邀请 Carsick Cars 作为唯一开场乐队与之共同完成了途经捷克、奥地利和英国等国的欧洲巡演，那是 Carsick Cars 第一次出国演出。“第一站到布拉格，当时我们几个英语也都不太好，也没有智能手机，所以照片都没怎么留下。”回忆彼时的经历，其中充满着年轻生涩的窘迫与倍感幸运的幸福。

因为此前很少有具国际水准的国外乐队到中国演出，所以与音速青年共同演绎的经历帮助 Carsick Cars 迅速成长为一支具有国际视野与水准的乐队。近距离地观看自己最喜欢的乐队如何演出、怎样去呈现摇滚乐该有的状态让这几个年轻人感到震撼，一下就感受到摇滚乐应该这么去表现。

在英国，Carsick Cars 还参加了由干草叉（Pitchfork）[1] 主办的音乐节，与当时同样年轻的猎鹿人（Deerhunter）等乐队同台。而他们的首张同名专辑已经开始在柏林进行后期制作。7 月，他们赴纽约参加演出；8 月，Carsick Cars 举办上海、南京、武汉、长沙四站巡演；9 月，乐队首张同名专辑 *Carsick Cars* 发行。当年，Carsick Cars 被 *that's Beijing* [2]（《这就是北京》）杂志评为当时中国最优秀的乐队之一 。

“我们很幸运。”如今，张守望感慨乐队的声名鹊起一部分得益于乐队恰好在一个对的时间、对的地点组建起来。“我们在自己创作力最强的时候，有那样的机会垂青我们，还有 D-22 这样的音乐空间作为载体托着我们。”

黑塞说：“当志同道合的路交叉在一起时，整个世界看起来就像是家园。”如果让 Carsick Cars 以及“北京超新声”一代选出他们的家园，那只会是 D-22。那时的 D-22 被形容为是一艘宇宙飞船，“它在上面飞，大家在里面开 party，没有任何所谓身份、社会阶层的歧视，那才是玩儿音乐最真挚的环境”。

对张守望来说，经历过那个时代确实是一件特别令人兴奋的事。在张守望眼里，在 D-22 演出的乐队之间都特别欣赏彼此，但同时也存在一种特别强烈的竞争心理，一种才华上的较劲儿让大家彼此受益。“我记得有一次我看了怪力的演出，他们演了一

1　干草叉独立音乐网站，成立于 20 世纪 90 年代，最早是由美国的音乐发烧友创办的网络杂志，后来发展为热门的独立音乐网站。

2　*that's Beijing* 是由五洲传播出版社主办的《城市漫步》杂志英文版。

个特别牛的东西，我在台下就不甘心，回到排练室就发狠练功，当时想，必须要做一个盖过他们的东西，得震住全场。”张守望认为正是这种彼此间惺惺相惜的观照，成就了 D-22 的传奇。“而且不光是乐队，其他比如说画插画的、摄影师、做电影的、写东西的人，在那个时间大家都聚在那个点上。”

在 2001 年“Beijing Calling”（北京呼唤）摇滚乐演出的文案中，有一段话简单精确地总结了 Carsick Cars 及其他“北京超新声”乐队的出现在彼时带给人们的感受——那是自信的力量和勇气，是打开国门以主人翁的姿态迎接奥运会，迎接世界文化的涌入时可以受用的姿态。当然，这段话也是这些乐队的主体——这些摒弃了国内摇滚乐经验的新一代摇滚乐制造者的自白：“当我们在别人眼里变得没有希望之时，自己却没有意识到，我们不必去迎合谁，不必去模仿谁，真正重要的是我们自己和我们在做的事。”

4

走出去，
去听也可以去讲

创作第二张专辑之前，Carsick Cars 经历了很多次国外的演出，除了与音速青年的共同巡演以及参加欧洲、美国的多个音乐节之外，他们还作为第一支来自中国的参演乐队去了伦敦的“All Tomorrow’s Parties”（所有明天的派对）音乐节。当时与 Carsick Cars 一起同台演出的好多年轻乐队，如今都已经变成了非常受欢迎、知名度很高的乐队。李青回忆：“当时乐队都住在一个酒店，可能坐电梯、吃早餐都会碰到之前的偶像，感觉和做梦一样。”

在欧洲的演出对他们产生了特别大的影响，看到了更多的东西，视野和思路都被拓宽了——他们开始听更多具有实验性质的音乐，吸收各自的营养，但三个人的想法开始变得不一样了，成员之间对乐队音乐理念产生了很多分歧，张守望回忆说：“在创作第二张专辑的时候，我们三个人的状态就是都想把自己在当时觉得最好的东西加进创作中的新歌，但难以统一，也更难以结出成果。”

因为想法的不同导致乐队内部产生了很多矛盾，第二张专辑迟迟没有进展，排练的气氛一天比一天压抑，三个人甚至常常出现不交流、不说话的情况。在每周固定的排练时间，每个人准时准点地坐在排练室里却各玩儿各的，当其中一个人创作出一段不错的旋律，其他两个人却很少给出正面回应。大家几乎都不说话，一天就那么结束了。

因为不吵架，也没有正常的交流，所以写一首新歌的效率就很低。“第一张专辑我们只排练了三次，但第二张专辑磨了三个月都没完成。我和李青的想法比较多，经常为了达成一致会进行很长时间的拉锯战。”那段经历张守望历历在目，三个人在一起都是暗自较劲，谁也不服谁。经过四年时间的打磨，2009 年第二张专辑 *You Can Listen, You Can Talk*（《你能听，你能说》）才打磨出来，最后由制作人沃顿 · 蒂耶尔（Wharton Tiers）[1] 在纽约完成。这张专辑中，乐队尝试了更丰富的器乐演奏，歌词虽然是英文的创作，但却真情流露地表达了他们对当下世界的看法，

1　沃顿 · 蒂耶尔，20 世纪 80 年代初活跃于纽约的著名地下音乐制作人，曾为音速青年制作过专辑。

主题也更加广阔与成熟。张守望说:“如果可以见到卢·里德(Lou Reed)[1]并送给他一张 Carsick Cars 的专辑，那肯定是第二张，我至今都觉得这一张不是我一个人能做出来的，只有和李青、维思搭档才能做出来。”

2010 年是 Carsick Cars 的一个拐点，这一年乐队的创始成员李青、李维思宣布因音乐理念的分歧从 Carsick Cars 退出。

5

短暂分离，守望彼此的平行世界

李青、李维思离开后，Carsick Cars 经历了几任成员的更换，斑斑、何凡、孙鹤庭先后加入过 Carsick Cars。2014 年 Carsick Cars 乐队发行了第三张专辑，且就此命名为《3》，它距离乐队上一张专辑足足过了五年的时间。专辑在文案中渗透出因成员迭代以及新的探索产生的艰辛的酸涩，张守望当时在豆瓣给每一个关注了 Carsick Cars 的乐迷发了一封豆邮:“时间过得太快，以至于有时候我们还没来得及拿出勇气改变生活便已经被生活改变了，五年时间对于任何一个年轻人都是无比重要的，你在认知这个世界，并且试图在这当中找到自己的存在意义。”

有乐迷说:“这些语言像极了高考语文考试就要交卷，必须慌忙写上的作文结语。”在第二代，甚至第三代的 Carsick Cars 中，相比于其他成员，张守望在创作上拥有了更多的话语权和

1 卢·里德，美国著名乐队地下丝绒的主唱兼吉他手。

主动权，“我也想做一张那样的专辑”。于是在《3》中，张守望加入了更多偏个人喜好的东西，“在音乐形式上我致敬了很多自己喜欢的、印象中特别好的流行乐，比如说卢·里德、雷蒙斯——希望做出很简单，但旋律好听，可以打动人的作品”。

除了音速青年，地下丝绒同样是 Carsick Cars 最喜欢的乐队之一。而从组队伊始到前两张专辑的创作，Carsick Cars 一直都是以噪音、实验的音乐取向作为创作的基调。一次次聆听地下丝绒的音乐，张守望以为即使把他们音乐中噪音的部分去除掉，剩下的部分仍然是特别悦耳、特别动听的歌。

与之同时，张守望也在做“White”“White+”这些更具先锋性的实验组合。2018 年，张守望受邀为约翰·凯尔（John Cale）[1] 在上海的演出暖场，对于他个人来说，这个梦幻般神奇的经历，让他再次确认了音乐本身可以创造奇迹。

在那几年，陈曦远走美国，开始自己个人的音乐项目 Late Troubles（迟来的麻烦），Snapline 无可避免地陷入僵局。李青感到特别失落，她形容那是自己人生最沮丧的时刻。回想到自己因为玩儿音乐留在北京，那段时间她怀疑做音乐这件事情在自己的生命中是不是就这样结束了，生活中没有了重心。后来李青和原兵马司厂牌经理海丰一起创立了另一个年轻的音乐厂牌“赤瞳音乐”，挖掘新的乐队，在某种程度对李青来说也是一个疏解的出口。

1 约翰·凯尔，地下丝绒乐队的成员。

6

十年回归，如梦初醒

2017年距离*Carsick Cars*专辑发行已有十周年，张守望接到混凝草音乐节的邀请，希望他们能以专辑中的乐队阵容和曲目顺序参演音乐节。以此为契机，张守望、李青和李维思又在一起排练，准备演出。李青很直白地说，因为那段时间刚好缺钱买乐器，正犯愁呢，她思忖反正是表演第一张专辑的歌，也不是特别难，就答应了。

吉术斋创始人徐远卓记得6月的时候跟同事跑去愚公移山酒吧拍不优雅先生的北京专场，演出结束后大家窝在后台沙发上有一搭没一搭地闲聊天时，李青用特别平淡的口吻告诉他，她跟李维思暂时回到了Carsick Cars并且要去混凝草音乐节演出。这个消息，对于一个见证过D-22兴衰的人来说太激动了，“那一刻真是眼泪都要流下来了”。

徐远卓自费派团队去上海，以多机位全程拍摄了这场长达一小时的演出，并以现场全纪录的形式完整复刻。演完以后，张守望觉得这场演出亦如多年前三个人在学校认识彼此的那一刻一样，是他生命中无数转机中的一个。之于未来，它也许重要到改变生活轨迹；之于过去，它又显得举重若轻。“还挺奇妙的，我们把整个*Carsick Cars*里的歌从头到尾按照顺序演了一遍，有些歌是我们即使在一起玩儿的时候都没怎么演过的，包括最后一首歌《回授》，这是我们三人最喜欢的一首，当时演得特别流畅。”

李青也觉得好：“在那天之前因为很多年都没有参演音乐节了，之前觉得一切都没了。但那次演完让我觉得自己从来都没中断过，都还在那儿，瞬间满血复活的那种。”

回归以一种未曾言喻的莫逆实现。音乐节结束后，三人回到北京自发组织排练，回到这间隐秘的、依旧散发着霉味和青春气息的排练室里，定期排练、磨合、创作新的作品。时间仿佛被剪辑过一般，回到了正序。

现在 Carsick Cars 一周会排练两三次，发了新的单曲《叫醒我》，并筹备着新专辑。这是他们再次以三人名义的创作和发声。重新在一起创作排练，三人更加珍惜缘分，以前的很多理念分歧如今不再那么不可协调，这是成熟之后的拓展与包容。Carsick Cars 的三位成员也和每一个普通人一样经历着城市的变迁、时

摄影 © 7仔

代的更迭，个人经历的起起伏伏让三人再次并肩合体后更加稳健，却依然抱持着刚刚开始一起做音乐时的初心与惬意，他们消化了彼此的坚硬和棱角，对音乐的理解和表达更加整合和宽阔。

7

所有的一切等你来选择

“世界变得像是个旋涡，快得让人来不及琢磨，所有的一切等你来选择。”《叫醒我》这样的歌词，比起十五年前三个无知无畏青年的任性呼喊更有力量。Carsick Cars 充满对未来的期待，因为未知所以觉得一切皆有可能，进而迸发出自信，现在大家可能都知道现实社会有多复杂和残忍，但他们还是得走下去，给自己一些新的东西，这是 Carsick Cars 的选择。他们现在在排练中会互相鼓励，有时候张守望提不起兴趣，李青会鼓励他：“没事，也算是在一块儿开始正经地经营乐队，也没有多长时间，大家基本都在往回找，找回青春洋溢的自我。”回到从前，三个人上大学的时候，彼此的家人都希望他们毕业以后成为一个普通人。在家人的眼中，玩儿乐队始终不是一个正常恒久的行当。“不是特别轴的人，不会把这件事情坚持下来，可能你就不干这事儿了。”李青说。

D-22 时期像是一个梦，“那会儿挺好的，但是过去就过去了。每个人都有一个关于黄金时代的概念，但大都不在当下，永远觉得过去比现在更好”。李青平时喜欢看战争电影，会幻想自己置身在战争环境中的样子，“就真的特别想切身去体验，在那种极端的情况下，人是怎样的，能怎么样。我觉得只有在某些极限中，你才可能激发并体会到更新的东西”。

参加《乐队的夏天》第二季，对乐队成员来讲，是又一个未知的舞台，无需有任何顾虑，只需要全情地释放和表达自己。

摄影 © 编号 223

择让人来
来选择。”

——Carsick Cars《叫醒我》

1

2

3

Carsick Cars 1 *2007*	You Can Listen, You Can Talk 2 *2009*
3 3 *2014*	

旅行团

途中不全都是好风景，
还有多少不得已的离别和放弃？

夏天侧记

“Bye-bye Bye-bye 旧我的世界……Bye-bye Bye-bye 地球人的世界”，在《歌手·当打之年》突围赛的舞台上，旅行团乐队用尽全力挥手，是对旧世界的告别，也是对新世界的召唤。与同场的主流歌手不一样，旅行团是一支乐队，有着十五年的成团历史，依然保持着少年感：“我们不是来改变世界的，我们就是世界！”在歌曲将尽之时，一蝉举起“The Life Journey”[1]的围巾，发出内心的大声呼喊。

这次一蝉、韦伟、子君在疫情中戴着口罩，坐着火车来到长沙参加节目。到达火车站的那一刻，他们想到的是在 2005 年年

---

1 The Life Journey 是旅行团乐队的英文名称。

初的那个冬天，韦伟和一蝉在北京刚刚站住脚，他们让子君来北京，在西客站的站台上看到背着编织袋从绿皮火车上下来的子君，几乎一无所有，却赤子般意气风发的样子，那一刻他们觉得“世界是他们的了”。

旅行团乐队也进入了他们的“当打之年”。如果人生是一场旅行，他们一路收获的不仅仅是好风景，还有所有的改变、告别与不得不放弃，旅行团乐队第一张专辑《来福胶泥》的封面，就是一辆手绘的巴士，五个男孩儿在巴士上。这么多年来这辆巴士上一直有人上车，有人下车，看过不同的风景，又各自离去，大家终究是旅客，而巴士一直在往前走，不为任何人改变，或者停留。

摄影 © 豆汁

1

这也是我们的当打之年

一蝉是乐队主唱，2020年春节期间，他在老家柳州和多年没见的朋友一起踢踢球、喝喝酒、聊聊天，真是一段“悠长假期”，大家以为复工遥遥无期。收到《歌手·当打之年》的邀请时，广西和湖南已基本解禁，城市逐渐恢复活力。不过，鼓手彪子和经纪团队都在北京，他们不方便去长沙。哥儿几个商量了一下，一蝉、韦伟、子君三个人的“旅行团”坐上火车，分别从柳州和西安奔赴长沙。

第一场奇袭赛上，旅行团的曲目是《永远都会在》。尽管他们以绝对优势的大众评审票数赢得了第一赛段的胜利，但网上评论却来者不善。有人说他们想成名，有人说他们背叛摇滚乐，也有人说他们一直想红不红……

队长子君想起了去年的类似评价，当时旅行团乐队登上了《乐队的夏天》的舞台，却因为《周末玩具》这首歌的“欢快表现”在八强赛中意外垫底，台下的“专业乐迷”说他们“不够摇滚，找不到自己”。还有人暗示说“老师们喜欢有态度的”，他们在“乐夏”那个舞台上，似乎不够“有态度”。

旅行团是摇滚，还是流行？应该走向大众市场还是安于小众？经历过无数次这样的灵魂拷问，旅行团不想卷入这些争论。在“乐夏”那场比赛之后，键盘手韦伟说：“因别人的看法改变自己，才是真正的不摇滚。”在他们眼中，玩儿音乐是少年时代的奇妙想象，也是低谷时期的心灵安慰，旅行团尽力用美好化解现实中的悲痛，用明亮的音色和浪漫的词句去表达内心深埋的忧伤。

Bye-bye 写于 2013 年乐队贝斯手小 p 离队之前，《逝去的歌》写于 2015 年子君家人的去世之时，《永远都会在》则是来自 2017 年乐队在一次不成熟的巡演中感受到的挫败感……这些在忧伤低谷创作出来的作品，也曾带着他们一次次走出迷茫，旅行团希望这些歌也能让更多人产生情感的共鸣和慰藉。对大众和评委而言，参赛歌曲是音乐和视觉的盛宴。而在旅行团心中，每首歌都记载着某段时光和感情的记忆。

什么是“好歌手”呢？作为乐队主唱，一蝉认为“做音乐是把心拿出来交流，无论是大山里对歌的山妹子，还是小卖部门口对着手机唱 K 的大哥，真正动情唱歌的歌手，就是好歌手”。在犹豫是否要再次接受突围赛邀请的时候，韦伟给乐队全体成员写了一封信：“我们要考虑的，不只是参不参加节目，我们要

摄影 © 7仔

想的是，我们为什么活着，为什么要做音乐，为什么在这样一个时期里，我们可以坐在房子里，不用风吹雨淋地搞音乐？我想让我们的歌有生命。歌里想传达的情绪和内容，能给人能量和信心。”

旅行团参与的最后一场突围赛上，一蝉、韦伟、子君、彪子、小 p 都到齐了。他们唱了 *Bye-bye*，这是旅行团在北京生活低谷的时候，以及乐队贝斯手小 p 离开后，他们内心的那些呐喊。不同于在《乐队的夏天》中的宣泄和愤怒，此时的他们更代表了在当下这个时期，走出阴霾后的自信。

2

总是跌倒在离家不远的路口

一蝉和韦伟是堂兄弟，小时候住一起，拆迁后住同一个小区，从小到大一直混在一起，20 世纪 90 年代的南方小城，音乐资讯匮乏。小学四五年级时他们去同学家看光碟，看到迈克尔 · 杰克逊的音乐和舞姿，感到震惊。他们还听到了 Beyond，舞台上的黄家驹弹着吉他，侧颜耳朵上亮闪闪的钥匙耳环，让哥俩觉得黄家驹是世界上最帅的人。同样是在这个小区里，有一个邻居大哥弹吉他很酷，隔着阳台，一蝉听到了枪花的音乐。初二的时候，韦伟买了第一把红棉吉他。哥俩开始组乐队，取名“甩头士”，从翻唱花儿乐队的歌开始，一蝉和韦伟就这样走上了摇滚之路。

而此时同龄的男孩儿一般都在打篮球、约会，他们俩弹琴，研究音乐，认真看 MV 和演出录影带。韦伟说他们生活在这样的南方小城舒适安逸，却不够酷，他认为的酷恰恰来自摇滚乐，早年的《摩登天空》杂志他每期都会买，看着上面的人奇装异服，语不惊人死不休的样子，他幻想自己也能成为他们。一蝉说，早年他们受英式乐队的影响，最喜欢的乐队是模糊乐队（Blur）和绿洲（Oasis）[1]，因为又好听又时髦，英伦摇滚在台上显得酷，范儿正，20 世纪 60 年代到 90 年代的英伦流行音乐他们几乎都听过。

幸运的是，他们的父母一直都很支持他们做音乐，除了学生常见的烦恼，他们并没有在青春期遇到太多愤怒或者需要反抗的东西，只是觉得自己不够酷，会的和弦不够多。“我们的生活，好像很少有直接的反抗，我们想做的自己默默去做就可以了。”一蝉说。

2000 年，一蝉和韦伟在家排练的时候，把一个功放弄破了，买不起新的。在当时贝斯手的引荐下，他们去了子君家，子君家虽然离他们比较远，但房子更大，设备更多，而且有更多的 CD 和 VCD 可听可看，后来他们就经常去子君家听音乐。在一次演出中，子君帮他们弹吉他，而子君自己的乐队还翻唱过日本彩虹乐队的歌，一蝉发现子君很有才华，琴技很好，于是 2002 年，一蝉正式邀请子君加入了乐队。

在少年时代，一蝉和韦伟印象最深的出格事件是一次暑假的郊游，他们和几个同学一起去阳朔。在和父母要到很少的一点儿钱后，他们坐着绿皮火车，走到 180 公里外的阳朔。当时用韦伟的身份证，他们只订了一间旅店房间，在前台不停地串人找朋友，最后房间里睡了八个人。

他们去了阳朔的溶洞，划船进去，在黑暗潮湿的溶洞里寻找

1　模糊乐队，1989 年组建于英国；绿洲乐队于 1991 年成立于曼彻斯特的英国摇滚乐团。

摄影©7仔

光亮和出口，这是他们人生中第一次惊天动地的冒险。回来后他们就写下了几首歌，就像披头士的 *Strawberry Fields forever*（《永远的草莓地》）一样，旅行团早期创作的灵感更多来自现实场景触发的美妙幻想。

虽然还是中学生，但当时的旅行团在柳州已小有名气，他们自己办演出，挨个儿联系酒吧和咖啡馆的老板，问要不要驻唱乐队。在当时的柳州，据说搞音乐的一共只有两百多号人。这些人分为两拨：一拨是旅行团，一拨是其他所有人。大部分搞乐队的人都不太喜欢旅行团，因为“太娘”。

柳州变得越来越装不下他们了，于是他们就想去北京寻找机会。2004 年，一蝉和韦伟上高三，子君已经去桂林读大学，暑假他们在子君家录了一些小样，韦伟从网上随意抄下北京几个唱片公司的地址，带着小样坐着绿皮火车就来到北京，他们决定给自己一年的时间，去做真正想做的事情。

3

北京的夏夜，与很多人擦肩

刚来北京的时候，一蝉和韦伟落脚在北京东南四环一家农民自建“别墅”里，这个别墅一共四层，他们和朋友四个人住在一起分摊房租，每层房租大概是每个月 1000 元钱，因为家里地方够大，经常有新朋友来家里借宿、吃饭。厨房、客厅里经常有人打地铺，大家凑在一起涮完一顿火锅，汤还要留着第二天继续涮蔬菜下面条……日子虽然有点儿穷，但快乐的集体生活能消解这其中的郁闷，年轻人刚刚学会喝酒，在无数个夜晚，他们喝酒聊天听音乐，无意间就会有人醉倒，不省人事。

“我们是来做乐队的啊！”在快乐的集体生活中，韦伟保持了一点儿理智。就像当年在柳州一家一家敲开酒吧的门，问老板要不要驻唱一样，他们开始照着地图去敲唱片公司的门，挨个儿投递小样。第一家去的是太合麦田，在前台，工作人员留下资料就让他们走了。俩人又去了华纳和京文，眼见着自己的小样被丢在门口的筐子里，似乎没什么希望。

不甘心就这样毫无收获地结束，他们坐着公交车去到海淀花园村，那里有梦想中的唱片公司——摩登天空。他们在路上有点儿紧张，在老家时经常买摩登天空的杂志和磁带，想必这家公司也很酷。出乎意料，摩登天空的办公室很小，在一个地下室里，当时只有三个人。

当时摩登天空厂牌经理孟金辉接待了他们，听完小样，孟金辉觉得他们的音乐很英式，就拿去给公司创办人沈黎晖听。据说，当时沈黎晖在楼下的地下室里录清醒乐队的第二张唱片。一蝉、韦伟和沈黎晖打了声招呼，就先走了。半路上，他们接到孟金辉的电话，让他们回来再聊聊。再见面的时候，沈黎晖说他们在做摩登天空的第五张合辑，想收录他们的一首作品，接下来，就发生了这些神奇的事情。

2005 年，旅行团乐队的 *The Story of Sun and I*（《太阳和我的故事》）被收录进《摩登天空 5》，收录在同张合辑里的音乐人还有新裤子、清醒、超级市场等这些“北京新声”的代表乐队。后来，旅行团也签约了摩登天空，但当时只签下了一蝉、韦伟、子君三个人，其他人就退出了。

于是，面对乐手不齐的状况，旅行团很难排练演出，他们性格又很腼腆，不好意思主动去找新乐手。在不多的拼盘演出中，便利商店乐队的鼓手德恒偶尔来帮忙打鼓，后来德恒介绍了午夜飞行乐队的彪子。不久，同样来自柳州的贝斯手小 p 也加入了旅行团，乐队阵容逐渐完整和固定下来，开始陆续在北京演出，时不时与新裤子乐队一起同台，积累演出经验。

在完善乐队阵容、准备专辑这个过程中，一蝉和韦伟一直在摩登天空兼职打工。韦伟在现代音乐学院学了编曲和制作，当时的摩登天空在做彩铃业务，他需要把摩登天空的歌全变成一分半钟左右的彩铃音乐，而好多歌都没谱子，或者录音文件丢失，他只能扒下来重新做伴奏。韦伟接下这个散活后，一个月平均要做四五十首歌。除了能挣取生活费，这也是一种积累式的音乐素养训练，韦伟至此走上了制作人的道路。后来沈黎晖让他尝试担任制作人，并介绍了两个新的歌手，一个是阿肆，一个是宋冬野。

一蝉在摩登天空的兼职是平面设计，宋冬野的实体专辑就是他设计的。而负责给旅行团做经纪统筹的封夜牧师，则是专辑的摄影师。可以说，他们几个人全权承包了宋冬野的专辑。之后，宋冬野的专辑大火，但旅行团乐队还在慢慢等待属于自己的机会。

用了两年时间，2008 年旅行团推出了自己的第一张专辑《来福胶泥》，里面的歌大部分是在柳州创作的，充满了清新浪漫的少年幻想，散发着南部小城温润的空气和柔和的暖风。

而此时的北京，却是另一股音乐潮流占据着媒体和演出的主流，被命名为“北京超新声”的一代正在兴起。在五道口，Joyside、Carsick Cars、刺猬、嘎调等乐队掀起了躁动的“Beijing Calling”革命。当时搬去通州居住的旅行团，并不经常和他们在一起，风格也与那种躁动风潮不同。旅行团的第一张专辑并没有引起多大反响。一蝉说当时依然属于他们的学习和沉淀期，可以发表专辑已足够幸运。

2008 年夏天，旅行团做了第一次“夏日清凉游”的全国巡演。一路十一站下来，一蝉、韦伟和彪子、小 p 成了真正的兄弟，彪子正式加入旅行团乐队。一个北京大男孩儿的加入，也潜移默化地影响了旅行团的整体气质。一蝉说，原来乐队成员性格都是有点儿羞涩、慢热、犹豫和摇摆的，而彪子加入以后，感觉很踏实，乐队像个正方形，开始硬朗地走了起来。

4

人生旅行中不断地跌宕与离别

2009年有段时间，韦伟一度心情很低落，在北京的生活不太顺利，这些情绪也没投射在音符上，于是他萌生了离开北京的想法。那会儿，一蝉写出了一首《等你吃饭》，这首歌打开了对生活的感官，也写出了他们当时真实、孤独的境遇。不同于第一张专辑时的天马行空，旅行团发现音乐除了表达美好的幻想，也可以记录生活中的变化，即便不再纯真，也不代表不纯粹。他们发行了迷你专辑《等你吃饭》，记录下这段人生，也开始更关注生活现实。凭借这张迷你专辑，旅行团获得了2009年音乐风云榜的最佳摇滚新人。当时旅行团参加摩登天空的草莓音乐节，在音乐节现场干脆摆了一个“等你吃饭”的摊位，卖起了螺蛳粉，被歌迷们传为佳话。

2011年乐队推出了全新的创作专辑*Wonderful Day*（《奇妙一天》），一蝉说这是他们当时用尽生命力气去写的一张专辑。创作上，他们从早期的清新浪漫过渡到了精神与感官体验的重合，作品旋律和编曲上也有了很大进步，《厦门之夏》《天上人间》这些歌非常有乐队自己的风格，那会儿的旅行团成员年轻气盛，认为这张专辑能拿到当时的最佳乐队奖，让乐队迈上一个更高的台阶。可人生往往是期待越高，失望就越大，这张专辑并没有得到太多业界的好评和认可。

那是“年轻的企图心第一次落空的时候”，一蝉回忆说，乐队仿佛受到了某种打击，成员间只能互相鼓励说这是慢慢积累的过程，不能在这个过程中丧失心气。

迎接他们的更大问题是，那段时间的创作变少了，乐队大部分时间都在被动地等着上音乐节。生活一成不变，岁月无声流逝。几个无忧无虑的大男孩儿即将 30 岁，虽然收入比以前多了，但生活的压力还是无所不在。在北京生活，如果没买房子，用世俗的眼光看他们就不算成功。每次回家，看到逐渐年迈的家长，他们选择报喜不报忧。

2012 年前后的北京音乐场景也在悄然变化。夏日里在 live house 门口喝酒的快乐变少了，生活中的许多问题也不是年轻时看一场演出、喝一顿酒、踢一次球就可以解决的。有段时间，一蝉买了一辆二八自行车，每天从排练室骑回东单，晚饭后就去故宫午门附近转悠。有天晚上，彪子带他们去了晚上的午门，在北京城市最中心处，反而感觉真实而宁静，CBD 商业区那种匆忙

摄影 © 豆汁

反倒显得模糊。后来一蝉写了《北京夏夜》这首歌，歌里温柔迷人的夏日感觉打动过不少人。但他们的浪漫里永远有一种对消失的事物的眷恋和追忆，音乐响起的时候，他们在用自己的方式与心目中最浪漫的场景告别。

5

于是我不再唱歌

2013 年，贝斯手小 p 在一次常规的乐队排练结束后，突然宣布离队，他要离开北京，去开螺蛳粉店。小 p 平时就是一个话不多的人，队长子君可能跟他交流得多一些，他知道小 p 最近有些低落和犹豫，还想着私下怎么去开导小 p 一下，但没想到自己会在这样的场合里被通知这个消息。大家都沉默了，因为他们了解小 p，小 p 一旦做决定后就无法改变，大家便不再挽留。

小 p 离开后，乐队忙着找乐手重新排练，应对接下来的音乐节，忙完了这些几个人开始沉默放空，也开始认真地思考：小 p 选择了他的生活，我们在北京这几年到底做了什么，现在的生活是我们想要的吗？带着这样的心情，韦伟写下了《于是我不再唱歌》，也是对自己这十年的青春和音乐生涯的回顾和拷问，“Bye-bye 朋友，希望春天以后，你能成为那个你，我能成为那个我”。

同时期，韦伟还写了一首更炸裂的歌，那就是 *Bye-bye*（《再见》）。这两首关于告别的歌，是旅行团用音乐和小 p、和过去的世界告别，也是和过去的自己告别，乐队是时候该做一个选择，结束这种温水煮青蛙的日子了。

也是这一年，子君的孩子出生了。有一次在排练室里，韦伟随性弹出了《小龙人》开头的钢琴旋律，然后成员们一个个加入，把它变成了一首歌，代表了乐队的新生和希望，也记录了几个人从男孩儿到男人的转变，这些作品都收录到了2013年《于是我不再唱歌》这张专辑之中。一次一次地，旅行团陷入低谷又挣扎出来，上路出发，向外也向内继续着他们的旅行。

6

爱不会被磨灭，
逝去的人住在心间

“要做就要下定决心，破釜沉舟地去做。”2013年，旅行团乐队与摩登天空的合约到期，乐队成员面临新的选择，他们知道留在摩登意味着固定的音乐节收入，生活上比较稳定，但他们还是想让自己的音乐事业在未来有更多可能性。于是，他们成立了来福胶泥工作室，用更决绝的姿态和专业的态度来面对做音乐这件事。

他们为了演出请来专门的调音师跟队，在编曲和录音方面找专业的老师和前辈请教，不断地学习，用专业的角度对自己的现场音乐表现、音乐创作、编曲等方面进行细心的调整，“要想音乐生命走得更远，就要更加专业化和职业化”。

2015年，子君的外公突然病情恶化，子君在回老家的唯一一班航班上，收到了外公去世的噩耗。人生无常，这样突然的打击，也让其他乐队成员很受触动。儿时的韦伟就曾常幻想如果到了自己离开那天，还会有人记得他吗？逝去的人勾起了亲人怎样的记忆呢？他写出了这首《逝去的歌》，写完的时候，泪水滴

在了琴键上。乐队找来阿肆填词，阿肆用了一周时间写出了敏感细腻的歌词："爱不会被磨灭，逝去的人住在心间。"在录音棚里录这首歌时，乐队成员都是哭着唱完的，他们感觉自己的心都被掏空了。这首歌不仅仅是对逝去亲人的缅怀，也是对很多其他事情的缅怀，那些无法安放的部分在音乐中安慰释然，让珍贵的东西留在心间。

7

永远都会在

2016 年 1 月 1 日，北京展览馆 3000 多人的场馆座无虚席，旅行团乐队十周年的演出在这里举行，台下不仅有 3000 多观众，也有乐队成员的家人。乐队当天也展现出了最佳状态，演出即将结束的时候，大屏幕开始回放他们的父母想对他们说的一些话，这个环节乐队成员之前并不知道，但他们至今都觉得那属于生命的高光时刻。在那一刻，他们觉得自己这一路的孤独与骄傲，都是值得的。

接下来的一年，乐队本以为可以进入到上升发展的阶段，但就像他们之前那些起起伏伏的跌宕经历一样，2016 年乐队参与的全国剧场巡演并不成功，票房成绩甚至比以往 live house 的还要差。再加上工作协调过于复杂，导致乐队成员间很多沟通不畅和情绪上的压抑，大家开始出现严重的分歧。巡演结束后很长时间，乐队没有再演出，也没有再创作，就那么停滞着。子君退掉了房子，回到了柳州陪伴家人。

面对乐队解散的危机，韦伟说我们要不就再做一张新的专

摄影 © 7 仔

辑，把每个人的感受、想说的话都放进歌里。于是韦伟拿着子君之前的一首半成品，写完了《永远都会在》这首歌，这也是他在这段低潮期最想对其他成员说的话。回到柳州的子君，也只是暂时缓解了家庭和生活的压力，但内心还是放不下对音乐、对乐队的牵挂。当子君收到《永远都会在》这首歌的小样时，正骑着电动车去超市买菜，他把车停在了路边，听完默默地哭了。就像歌里写的："生活似海，起伏不定，无边总是看不到头，我欲乘风，浪迹远方，因为我并不平凡普通……"当大家意识到彼此重要性的时候，他们还邀请了小 p 加入这次录音，小 p 还贡献了两首歌，这时几个人的生命已经完全交织在一起了。乐队每个人把想法都汇集中交韦伟，由他来制作一张新的专辑。

《永远都会在》这张专辑从写第一首歌到发行，只用了四个月的时间，专辑完成后，他们重新回到了 live house 的演出现场，引入了专业的巡演经理，一路调整状态。他们意识到，音乐不仅仅是演奏音符，更是表达一种状态，所以演出也不是在上台的那一刻才开始的，而是要用很长的时间去准备、积蓄和酝酿。一旦站在台上，就要和所有观众凝聚在一起。这一次在台上，他们不再是柔柔弱弱地摇摆，而是更明确、更真诚地去表达自己真正内心的东西。

在创作上，旅行团一直很高产，因为在这个行业里长期的低曝光，他们一次又一次地想通过作品和演出证明自己。并非一夜成名的他们，反而有了时间赋予的耐心和韧性，最初走出南部小城的毛头小子，到现在过了而立之年，为人父母，遇到问题不是逃避而是面对，大家会相互探讨和彼此担当。一路下来，韦伟在成为一个优秀制作人的道路上前进着，一蝉在创作上也开拓了新的方向，子君作为队长做着乐队的行政管理和协调，彪子给他们注入北京人的爽朗和底气，经纪团队给他们支持和关照。

他们越来越融合，发现做音乐最有价值的，不是通过一首歌、一场演出证明自己有多厉害，而是他们这些年的生活都能用音乐记录下来。这是他们用十五年的时间、九张唱片、无数的演出现场经验，一点点积累出来的心得，也是每一个能走过十年的中生代独立原创乐队必须要经历的人生。“我们身上的毛病，是经常处在习惯当中。习惯会吞噬一个人，思想不进步、不更新，就会像一潭死水，早晚被蒸干。”韦伟说旅行团乐队就像独立乐队里面的“小义乌”，用批发的量搞创作，他们慢慢打开了一个又一个的圈，不想太多，也不太用风格和刻板印象来区分别人和自己，对生活和创作保持兴趣，就会发现可写的、收获的东西太多了。他还说，觉得最酷的不是在舞台上的表现，而是希望以后“我们的歌可以收录到语文课本里面”。

虽然已过而立之年，但在旅行团身上还有着浓浓的少年心气。一蝉说少年感就是“不服”，不向生活屈服。子君说：“少年感是因为自己情商低，不会考虑太多没必要的东西。”从少年离家，去不远处玩耍，到坐上通往梦想的绿皮火车，面对生命中的离别悲欢，他们迈过了一个又一个的坑坑坎坎。当旅行团以 The Life Journey 命名自己的时候，应该就是找到了属于自己的信念。

摄影 © 薇白

“我们不是来改变世界的
我们就是世界！

——旅行团

1

2

3

4

5

6

7

8

9

来福胶泥 (Life Journey) 1 *2008*	等你吃饭 2 *2009*	Wonderful Day 3 *2011*
于是我不再唱歌 4 *2013*	B side 5 *2015*	10 Day's 6 *2015*
Hello 7 *2016*	永远都会在 (Always Be There) 8 *2017*	感 + (Sense +) 9 *2018*

马赛克

如果全世界都跳舞

夏天侧记

从 live house 的相对小众场景，进入《乐队的夏天》这个大众场景，马赛克的心态相当平和。以甜蜜的《霓虹甜心》开场，现场只制造快乐的迪斯科律动，复古的浪漫场景，他们是“快乐、无忧、释放”的代名词。不论台下还是台上，乐队的四名成员也都是一副热血潇洒少年的模样，浑身上下散发出一种颇具感染力的乐观气场，骄傲坦荡地扬言“我们是吃摇滚乐的面包长大的”！

熟悉成都音乐环境和生活方式的人都会知道，成都的音乐土壤是松软的，马赛克即是第二季“乐夏”里“成都派”乐队的典型。他们少不更事时就来到了成都，玩儿乐队、踢足球、喝酒……蓉城的巴适安逸让几个热爱音乐的四川青年早早放弃了“成都第一步，再去北京”的原始计划，安稳地驻扎在玉林区，一住就是十几年。

如果能跟着本地人来套完整的成都游，美食、美景、美人、美事……你就会立马明白老话“少不入蜀，老不出川”的真正含义。玉林西路 55 号最老的那家“小酒馆”，民谣大腕儿们云集的“马丘比丘”，嬉皮士永远的温柔乡“家吧”，东门大桥上闹得欢的“麻糖”，光怪陆离的亚文化失乐园“魔方大厦”……派对的音乐响起，派对动物们打扮起来，穿过古着铺子、刺青店和台球桌准时入场，

酒吧逼仄的过道永远聚着川音、川大的漂亮妹妹……似乎成都夜晚的空气都是甜的，快乐永远在前行，蜿蜒伸展不见尽头。享乐也是生活。

对于成都的年轻人而言，成都灯火阑珊中有种乌托邦式的包容——音乐、演出、派对、潮流、艺术活动、生活方式，无论什么，一切新鲜美好的事物都被她温柔揽于怀里呵护。这让在这座城市的逍遥安逸中生长出来的音乐，很自然地携带着一些“成都气”，而音乐人对这座城市的认同感也绝没有第二处可比。

不同于北京独立音乐场域里“苦”出来的音乐人，马赛克的音乐里充满了成都好生活浇灌出的真真切切的快乐和浪漫气质。在舞台上，看着他们身着乍眼香蕉黄西服，活力四射、元气爆棚演出的样子，根本想不到台上这四个“热火男孩儿”玩儿乐队已经十二年了。

1

之前特别想做朋克和车库，但是幸好没做

“我去成都完全是因为声音玩具的主唱欧珈源！”聊起去成都搞音乐的最初冲动，夏颖直言道。他的家乡盛产打手和小混混。父母为了不让夏颖变坏，从小就让他踢足球，以释放过剩的荷尔蒙。那时候，夏颖喜欢上了摇滚乐。高中还没毕业，他就租了栋乡下小楼，跟小伙伴们耍起乐队。某日声音玩具的主唱欧珈源前来排练，送了他们两盘《地下成都》的合辑。彼时的声音玩具在成都摇滚圈赫赫有名，对于夏颖来说是“神一般的存在”，迷弟夏颖用足球为喻做了以下一番描述——“如果拿足球来比的话，他们就是西班牙的皇马或者巴塞罗那，完全是联赛冠军。”

从 1997 年开始营业的成都小酒馆也已成长为国内摇滚乐的重要地标，每周末的演出如火如荼。当时成都热闹的独立音乐环境和“神级”偶像的造访，让夏颖高三时毅然退学，跑去成都搞乐队。

“其实我之前就特别想做朋克和车库风格的音乐，但是幸好没做。”谈到怎么慢慢开始玩儿这种“热舞系”音乐，夏颖回忆起初到成都音乐上差点“误入歧途”的往事。因为水平不够，加入明星乐队基本没戏，加上当时本地也找不到“特别快的那种玩儿 old school（老式摇滚）的鼓手”，搞 skr[1] 和 old school punk（老式朋克）的计划也彻底泡汤了。（此处鼓手高欣特别嫌弃地质问：

1 skr 源于欧美说唱中的“skrt”，原本是模拟汽车轮胎（漂移或者快速启动时）摩擦地面产生的声音，用来表现自己有跑车，很有钱。

“您以为打鼓快的鼓手就愿意和您玩儿吗？”）

到了2008年，在小酒馆举办“永远年轻音乐会”的那个晚上，夏颖、高欣（当时在坏苹果效应乐队）与GT6乐队的卓越、林玉峰相识，这次相遇改变了他们风格飘忽不定的僵局。GT6的卓越、林玉峰是四川绵阳的同班同学，他们在高一的时候就在音乐老师的撺掇下，和其他同学组成了一支乐队。2004年来到成都，同样有着要来小酒馆演出的摇滚梦。后来，GT6乐队伴随着主唱出国等一系列事件，摇摇欲坠，正是在2008年“永远年轻音乐会”上，他们感受到当晚“坏苹果效应”主唱夏颖骚气动感的台风和充满感染力的嗓音，几人当晚一拍即合，“马赛克乐队”正式成立了。

和很多成都乐队一样，小酒馆是马赛克乐队梦想开始的地方。他们对未来的想法也特别简单，乐队刚成立，就给自己定下了一个完美的五步发展计划：先在小酒馆做嘉宾演一场，然后演乐队拼场，继而自己的专场，到了年底能上“永远年轻音乐会”，终极目标是上一次迷笛音乐节。

彼时的小酒馆，每周末的音乐演出，成都本地的乐队就足够填满大半年。此外，小酒馆还组织创办了一系列走出live house的音乐会，音乐人们在湖边演，在广场演，在草地上演，特别美好，特别满足。每年跨年夜，小酒馆在广场筹办的“永远年轻音乐会”是成都最大的年度音乐盛事，二三十支乐队云集，通宵连轴登台演出，源源不断的演出滋养着成都的独立音乐圈子。

“我们一起在成都长大，我们平时就是这样玩儿的，酒吧里面可以玩儿即兴，可以打台球，大家也喜欢时髦的东西，喜欢打扮自己，每天也很轻松，在成都可能你挣三四千块钱一个月，都能玩儿出一万块钱的生活质量。”马赛克的乐队成员们都很满足于他们在成都的生活状态，身上有着一种难得的放松感。

那几年，小酒馆的主理人史雷和唐蕾帮了马赛克不少忙，为他们找演出，推荐他们上第一届成都“热波音乐节”的主舞台……有一年夏颖在三圣乡被社会流氓打骨折了，史雷去医院看夏颖，二话没说就拿了 2000 元给他。提起在成都这十几年间不间断接收到的来自小酒馆的各种帮助，卓越满怀感激地说道：“他们想去保护本土的这些音乐人。”小酒馆之于成都的独立音乐圈子，就像一个包容温暖的庇护所，热心帮助当时在成都的乐队，让玩儿乐队的这帮年轻人感受到成都独立音乐的土壤是松软、有希望的，不会坚硬到难以持续下去。

2009 年，马赛克创作出了乐队金曲 *Dancing Girl*（《跳舞女孩》），它被西安的张冠李戴音乐节选作官方主题曲，乐队与光线

传媒联合拍 MV，开始在全国范围内拥有了极高人气。经过不断沉淀、作品积累和现场洗礼，马赛克逐渐呈现出固定的极具风格的乐队气质，2012 年 1 月乐队发行了同名专辑《马赛克》。诸如 *Dancing Girl*、《舞台的风》、*Bad Girl*（《坏女孩》）这样脍炙人口的金曲，无论是纯正的 funky（放克）节奏，还是穿插在副歌间隙的粤语说唱，都让人印象深刻。他们的音乐节现场也经常引发全场的高潮，跟随马赛克乐队的音乐，你会情不自禁地想在夏日里蹦跳起来。

2

喜剧的内核是悲伤

《马赛克》专辑一经推出，除了收获不俗的销量与好评以外，还荣获了多个榜单的提名和奖项。过于顺利的发展，以及成都悠闲散淡的生活也会滋生出一些问题和惰性。2013 年到 2014 年这两年对于马赛克来说挺难的。那段时间，夏颖经历了一段偏颓废散漫的时期，创作遇到瓶颈，而随着乐队的成熟和发展，大家在音乐理念上有了不同的方向，乐队成员各自的音乐喜好和表达分歧让他们经常吵架，排练的时候关系也很僵。有段时间，他们自己都感觉玩儿不下去了，平时也就疏于联系。

后来有一次在林玉峰家聚会，在玉林区某幢居民楼的楼顶，乐队每个人放了首自己的心水歌曲。虽然大家各有各的想法，但在不同的音乐交集中，他们发现大家共同喜欢的就是 20 世纪 80 年代的跳舞音乐。“我们先放下各自的偏执喜好，去寻找共同的东西，然后一起做出来。”做了这个决定后，几个人慢慢重新找回状态，开始一起排练写新歌。

2015 年，马赛克乐队成立的第七年，乐队推出了全新单曲《妳》与《莫里森与杂货铺》，这不仅让更多国内的乐迷朋友们听到了这个名字，他们还走出国门，受邀参加了日本夏日音速（Summer Sonic）音乐节的演出。

2016 年，马赛克乐队签约摩登天空，又过了一年，他们发行了新专辑《无解俱乐部》。相较乐队之前的作品，这张专辑的音乐风格开始明晰地向迪斯科、80 年代复古舞曲转变，每首单曲都极具俱乐部属性。他们的音乐气质跟成都当时俱乐部文化浇铸的城市氛围和舒爽的生活环境依然息息相关。成都是个很休闲的城市，生活节奏随意，年轻人多，创意潮流也多，大家都爱玩儿，参加很多派对，结识更多的朋友，跳舞的环境也更放松，年轻人对音乐的喜爱使电子音乐发展得更为广泛。

《无解俱乐部》也将成都这座城市时髦又复古的一面展现在大家眼前。专辑中的《魔方大厦》就是在写成都地下俱乐部文化的标志保利中心，里面曾经遍布各种俱乐部和酒吧，NASA、TAG、Here We Go 等。马赛克乐队成员和成都所有爱玩儿的朋友一样，曾经在这里度过无数个有酒精和音乐陪伴的夜晚。

在成都坊间有无数夏颖喝多闹笑话的段子，“所有人都在玩儿手机”这样没心没肺的歌词，纯复古舞曲的风格让一些人觉得“没有深度”。但如果听完《无解俱乐部》整张专辑，你会发现一切都是“有意为之”，马赛克在有意识地制造着快乐的幻觉，但这一切快乐浮夸的背后，有着他们对生活的感悟和反思。

马赛克总是自称为“暧昧摇滚”。这个流派名称包含了成都这座充满荷尔蒙的城市赋予他们的骚情浪漫，更明确地将“摇滚”定义为他们音乐的内核。在吉他手卓越看来，即便写爱情、女孩儿、跳舞，即便用最开心的形态来表达，其中也定藏着些许悲凉。即便一首歌听起来轻松甜腻，也改变不了摇滚的本质。卓越说：“这跟我们都很喜欢周星驰的电影有关系，本来是喜剧，但内核还是比较悲伤的那种。”在夏颖看来，马赛克不爱说教，讨厌喊口号，但“是啃着摇滚乐的面包长大的”！

3

邂逅美丽的霓虹甜心

从 *Dancing Girl* 到《霓虹甜心》，马赛克写了很多关于女孩儿的歌，他们对制造暧昧、甜美、女孩儿、派对、酒精、舞会这些美好幻觉，有种不可思议的偏执。相比爱情故事，他们更强调“邂逅”和对女孩儿美丽的感悟。在这些歌里，女孩儿漂亮，善良，给人带来快乐，都是天使和美丽的完美结合。去热闹时髦的大派对，在闪耀的灯球下独领风骚，邂逅一个美丽动人的女孩儿，被她俘获到不能自拔，即是马赛克音乐的“故事线本命”。释放心动信号的场景经常出现在马赛克的音乐里。他们的演出现场也会精心安排丰富的内容，包括舞美制作上，会呈现出一种俱乐部的感觉。马赛克的演出舞台经常会增加迪斯科球挂饰、雨帘、猫女环节、马头人互动等，就像魔术师一样，走到哪里，就展开自己的魔法小盒子，施展制造美妙幻觉的能力。

在马赛克看来，“对女孩儿好，尊重女孩儿”这个事儿是理所当然的，一方面，川渝本身就有妹子泼辣，男孩儿“耙耳朵”[1]的特色，另一方面，对于在美女扎堆的成都生活的他们，这个事儿就是一种生活状态的自然流露：“不是故意的，我们在酒吧或者派对玩儿，感觉男女比例还是比较合适的，女孩儿很多。”夏颖更是爆料贝斯手林玉峰就是典型的“妇女之友”，因为性格比较体贴，女孩们总找他倾诉烦恼，排忧解难。

来现场看马赛克乐队演出的观众，也是女孩儿居多。在南宁演出时，唱《霓虹甜心》之前夏颖对着台下问：“天气这么热，我还可以是你们的霓虹甜心吗？”下面一片“可以可以可以”。曾经一度，马赛克演出现场的1000名观众全是女孩儿！这样的奇景也成就了乐队的另一个特别身份——“月佬乐队”。之前马赛克一轮巡演，就遇到四场乐迷求婚。论牵红线的成功率，马赛克巡演现场比浓情巧克力可强多了。夏颖讲了个特别的桥段：“一个女孩儿上来表白，都哭着说的，特别走心。她刚说完下面观众齐口喊‘渣男’。”卓越补充道：“后来专门了解了一下，那个男的真的是个渣男。”一旁的林玉峰也不忘插上一句，说他是乐队巡演求婚的“客服”。几个成员都挺心疼这个女孩儿的。

1　耙（pā）耳朵是西南地区方言，意思是耳根软，怕老婆。

4

喜欢在路上的感觉，一趟没有终点的旅行

舞台上强烈的感染力，让马赛克乐队的音乐现场变成了一场场迪斯科狂欢。夏颖说："我们挺喜欢在路上的感觉，像一趟没有终点的旅行。马赛克的现场比专辑更马赛克。"马赛克的魅力就是在现场，在路上。摇滚乐的编排和音色，舞台上"劲歌热舞"的状态，让演出更燃、更热血、更有劲儿。"人来疯"体质的夏颖，每次演完，衣服可以直接拧出汗水。一趟巡演，十来站接连走下来，根本顾不上洗衣服，精心准备的西装都会被汗水湿透长碱，差不多就废了。"其实我觉得每个城市都一样，哪儿不重要，重要的是乐队要一直做自己该做的事情就好。"

而马赛克第一次走出成都并不顺利。时间倒回至十年前，因为要去义乌商演，热心的台湾哥们儿阿亮帮他们顺带着在上海Mao安排了一场演出。至今夏颖还清晰记得海报上当天演出的主题——四个大字"秒杀上海"。可当晚，看着台下寥寥十来个观众的时候，年轻的马赛克知道，当晚被秒杀的其实是他们自己，"那场演出对我们的帮助其实挺大的，后来绝对扛得住下面观众人数很少的情况"。马赛克逐渐成了音乐节上最不怕尴尬的乐队之一。

凭着一股不放弃的乐观主义精神，十年间，哪怕在2015年独立运营的瓶颈期，他们也没停下来过，进行着一轮又一轮的巡演。"因为我除了干这个，也不知道可以干其他什么事情了，而

且这一两年其实挺享受的一点是，乐迷真的多起来了，这是很直观的一件事。”去年，马赛克巡演上海站卖了 1000 多张门票。

与马赛克一起巡演，过程很快乐，他们享受舞台，带着一股美好的能量。奇遇，困难，一次又一次在不同城市相聚又分别……路上遇到的，感受到的，对于马赛克来说都是宝贵的经历。无论商演还是音乐节，无论巡演站次如何，即便台下站着的都是来逛商场的大妈，他们对所有演出都一视同仁，满怀着让观众“路转粉”的热情百分百投入。连受累受气、叫苦不迭的工作人员也爱上跟他们一块儿巡演了，曾有腿毛胸毛又长又密的光头大老爷们儿跟他们巡完一轮之后，舍不得分别，抱头痛哭，想再来一轮。

在马赛克看来，大量的现场本身就是最好的宣传和传播。“音乐节是个好生态，好多乐队一条血路杀出来。”对于独立音乐人来说，与其通过平台自上而下的宣传方式，不如在音乐风格、视觉、着装上多下功夫，增加辨识度，“让人在音乐节的空间里交叉感染”。

当年在面对热波音乐节台下乌泱泱等着某著名说唱歌手的粉丝时，他们稳住了心态，愣是让不少“站姐”在现场“路转粉”。“下面就算举着之后要演出的人的牌子，我们还是会好好表演，争取让那些举别人牌的人也变成我们的乐迷。”

“天王的时代已经过去了。”在马赛克看来，国内的独立音乐市场飞速变化，市场正在逐步细化，大家各有各的喜好，难再有全民偶像。“把自己的歌迷巩固好，再扩大，就行了。”

5

劲歌热舞与复古未来主义

2018 年 11 月，马赛克的第三张专辑《劲歌热舞》正式发布。专辑主打时空旅行概念，用 20 世纪 80 年代的老设备复制了一个当代语境下的黄金时代。动感醉人的迪斯科曲风，甜美热辣的现场，横扫各个 live house 和音乐节，在现场掀起锐舞巨浪。快乐的种子随着复古鎏金色彩的合成器音色，洒在台下当代年轻“社畜”的身上。过去与未来猛烈碰撞，透露出这几个小伙子对当代生活进行一些改良的美好愿景。

“小时候总听外公他们接什么案子，各种事情……”《劲歌热舞》的灵感来自卓越幼年在司法机构的各种见闻，《一个玩具》里，环境的恶化与个人在时代洪流中的悲剧命运交织，《假面舞曲》中有都市社交陷阱，而《霓虹甜心》是刚好每张专辑里都有的那首情歌。每首复古动感金曲的背后不只有快乐和爱，还有忧愁和孤独，人类的感觉是相通的。可惜被误解是表达者的宿命，从这个角度来看，就像贝斯手林玉峰说的那样“我们把悲伤留给了自己”。

无论是复古迪斯科感十足的专辑名、封面、曲风和 MV 视觉，还是宣传照上三人手里捧着的三张经典之作——迈克尔 · 杰克逊的 *Bad*（《坏》）、YMO[1] 的 *Naughty Boys*（《顽皮男孩》）、Beyond 的《乐与怒》，整张专辑所具有的那种仪式感，如同一场对 80 年

1　黄色魔术交响乐团（Yellow Magic Orchestra，简称 YMO），是日本音乐家坂本龙一、细野晴臣以及高桥幸宏于 1978 年所组建的前卫时髦电子合成乐团。

代的精彩致敬。

而专辑的十首单曲串联成一个完整的时空穿梭的故事，“时而去往 80 年代扮演千杯不醉的痴心港仔在歌厅求爱，时而穿越至赛博时代在夜晚的伤心大街上感叹网络与虚拟的弊害”。从音乐视觉到专辑概念，马赛克用这张新作近乎完美精确地诠释出什么是“复古未来主义”，让人对于未来他们会呈现怎样的音乐产生了更多的幻想和期待。

“乐夏”第二季节目录制期间，马赛克最大的烦恼来自黄色西服。因为太显眼，让他们简直没有任何机会开小差。即便第二现场那么多乐队，他们几个“蛋黄”一溜就会被发现，编导就会开始喊：“哎，那几个小黄人去哪儿了？”“乐夏”首秀的这套西装也是标志性的舞台造型，设计出自林玉峰的设计师女朋友之手。制服式的版型、饱和度极高的专色，又帅又新浪潮，让人很容易联想起新秩序（New Order）、宠物店男孩（Pet Shop Boys）、YMO 等一众 20 世纪七八十年代的乐队，但他们看起来相对而言又更加活泼，不像这些王牌乐队那么严肃。

其实，马赛克一直喜欢用自己的方式去呈现复古的美学。除了衣服，《无解俱乐部》封面上巨大的灯球，《劲歌热舞》充满时代感的红底和黄字，两张纯正迪斯科曲风的专辑，鎏金一般的合成器音色……都标示着马赛克是一支被 80 年代滋养的乐队。他们对 80 年代的痴迷程度已经到达专业级别，以至于每个成员都是 80 年代的“草根研究员”。

在林玉峰的记忆里，那是个非常浪漫主义的年代，一切都充满幻想。“以前看那么多香港电影或国外电影，发觉同样一个世界，却完全不一样，为什么他们的街道是那样的，为什么他们那么早就能戴雷朋，而那时候在这里你根本就找不到那个店，想买一双匡威可能都很麻烦。”

夏颖喜欢那时候人们开放的心态，他喜欢怀念小时候特别精彩、酷炫的那段时光，那个时候，不管是父母还是兄长都很酷。他一直挺羡慕改革开放初“那种能够去广州倒卖电视机的大院青年”，觉得他们胆子太大了，还有那种理想主义的“怀着梦想，非常积极”的状态。各种艺术作品里都在表达对未来的疯狂信任，对 2000 年以后与机器人生活的笃定。更加微妙的是，如今互联网生活带来的空虚感，在时隔四五十年后与新浪潮时期的虚无主义重合了。

但马赛克从未想过要回到那个年代，他们只是单纯地喜欢那样的声音——小时候听过的那个年代的音乐。“我们活在这个时代，那就做一点儿和这个时代有关的内容，我们始终认为最好的时代不是八九十年代，而永远在未来，因为过去永远回不去，怎样达到更美好的未来，才是更重要的。”

MOSAIC
马赛克
劲歌热舞
YMO
BAD
MICHAEL JACKSON

“你为我心碎，我为你颓
这夏天结束，我们就告

摄影 © 蔡鸣

——马赛克《莫里森与杂货铺》

1

2

3

马赛克 （Mosaic）	No Club （无解俱乐部）	劲歌热舞 （Pop Rave）
1 *2012*	2 *2017*	3 *2018*

九连真人

做事，定会翻身

夏天侧记

“我们这一代年轻人面临着许多前代人未曾经受的压力——经济独立的需求、社会身份的认同、家庭责任的担当。”年轻、生猛、够狠的九连真人谈到乐队的成长时，说到更多的依然是个体成长在社会环境中的压力与奋力坚守。

2019 年，参加完《乐队的夏天》后，过往籍籍无名的九连真人乐队一时变得炙手可热，采访、合作以及演出邀约纷至沓来，甚至一度影响到乐队的创作进度和日常生活。他们用了将近半年时间去调整状态，完善新作品。2020 年春天，同住在连平的阿龙、阿麦和万里逐渐恢复了常规的排练，而在更大范围内的公共活动尚未恢复前，九连真人获得了一段自由而平静的时间，这种没有干扰的生活曾经是他们的日常，而今却多少显得难得和宝贵。从频繁的差旅、演出生活回归到平平淡淡，也让九连真人对留在连平有了新的思考，“更爱家乡了，有归属感，可以陪家人，做饭，研究感兴趣的事物。平时也会有更多时间给我们聚在一块儿讨论、聊天、喝茶散步。因为地方小，只要时间允许，随时可以凑一起排练”。

“阿民”是九连真人叙事世界中多次出现的虚拟主人公，许多九连作品的背景故事、意见和表达，都以“阿民”为中心而展开。而“阿民”的原型，是乐队的创作主脑阿龙，是乐队成员阿麦、万里，是他们的同代朋友们。“阿民”是这些即将三十而立的“90后”同代人的一个代表，是他们应对社会压力的心理状态的聚集和提炼。

“如果毕业后狠狠心没有回到广东，留在成都做乐队，可能自己会在更早登上喜欢的音乐舞台——但是受父母影响太大了，他们言传身教，‘找一个稳定的工作，平坦度过一生’的观念到现在还掣肘着我。”大学毕业，阿龙选择解散当时在成都和同学组建的乐队，到靠近家乡的深圳工作，在那段时间里，他相信自

己的天赋，期望通过努力实现财富的积累和社会地位的提升。但事与愿违，阿龙换过两份工作，却始终处在一个自己觉得“不上不下”的位置。“就像我们歌里的‘阿民’，以为自己会成功，但其实眼高手低，到底有没有努力打拼，自己的心里一清二楚。”

很多人称赞九连真人是属于这个时代、活在当下的乐队，因为在九连真人的歌里，“阿民”所面对的问题是我们每个人都要面对的问题，九连真人并不试图为这些无解的社会问题找到答案和出路，他们只负责诚恳地记录，像是在完成一部声音的社会学田野笔记。

从这几个不服命运的年轻人身上，我们也看到了，无论境遇如何，只有不停地埋头做事，才能推开涌向身边的潮水，让命运的帆船不断前行。

摄影 © 周晨

1

连平往事

隶属于广东省河源市的连平县，地方不大，地处粤北九连山区，北接江西省全南、龙南县，南连广东省东源县、韶关市，历来是客家人聚居的重要地区。因为地势起伏、地形复杂，这里的经济发展相比于广东其他县市落后许多，本地的青壮年多选择离开连平，外出务工打拼。

1983 年出生的万里早年在珠海打工，后来回到连平开了一间琴行卖琴。那时还未读大学的阿龙、阿麦以及其他喜欢音乐的小伙伴常常约好一起在万里哥的店里蹭设备练琴。在《乐队的夏天》中，阿龙把万里称为“连平的音乐教父”，除了因为他后来所做的工作是演出设备租赁、舞台搭建和下乡演出的组织之外，也因为最初万里的琴行是连平很多音乐少年爱上音乐的启蒙之处。

当阿龙、阿麦这一群年轻人各自读大学离开了连平，万里也关闭琴行再次外出闯荡。阿龙冲着四川音乐学院的名气去了那里读美术专业，整个大学期间，他最想做的事情就是找到合适的人一起做乐队。但事与愿违，大一到大三都未能如愿，直到大三下学期他通过豆瓣网找到了第一支乐队的吉他手才组成了乐队，之后，通过吉他手又认识了后来成为海朋森乐队鼓手的博强，大四的时候阿龙和博强在一起又组了另外一支乐队，但随着毕业，当时的乐队就没有继续下去。

“其实组乐队这个愿望在九连真人之前一直没有实现，就像一个梦，离实现它始终差那么一点儿。”在后来的采访中，万里也告诉我“阿龙做乐队的愿望比我们都坚定，他是有执念的”。

毕业后，阿龙去了深圳。三年中，阿龙换过两份工作，从幼儿教育到美术设计。2017 年，阿龙和女友结婚，深圳高昂的房价让这对年轻夫妇看不到生活的未来，加上在连平生活的发小一直怂恿阿龙回家组乐队，最终阿龙选择回到连平。回到家乡后，阿龙意外地发现万里也回来了，“里哥因为父亲生病，需要人照顾，当时也回到了连平，自然而然地，我把他拉进了我们的乐队计划”。就这样，阿龙做主唱和吉他手，万里弹贝斯，九连真人的前身基本成型。

阿麦从小跟着外公外婆生活，喜欢音乐的他，高考前为了参加艺考哭着向二老求了很多次情。“当时家人都觉得音乐只能当个爱好，不如好好读书出来有份正经的工作。”阿麦回忆。当时外公外婆，还有专程回家的父母在一起开了一个家庭会议，最终否定了阿麦学音乐的想法，阿麦哭得非常伤心。但第二天，父亲推翻了前一天的决定，最终送阿麦去补习音乐。“他怕我后悔一辈子。”

最终如愿读了音乐专业的阿麦在大学主修伴奏，选修小号，毕业后，留在阳江工作。工作一般，阿麦对阳江这座城市也没有感情。经不住同是发小的阿龙和鼓手的怂恿，加上外公外婆年迈需要照顾，24 岁的阿麦也辞职回到连平当了一名中学音乐老师，同时顺理成章地加入了当时还没有名字的九连真人做器乐演奏和副主唱。

“之前的创作都是我和鼓手完成的，但很不完善，阿麦在大学学古典音乐，要是回来了，可以在编曲上给我们一些建议和支持。”阿龙说。

但第一次排练，分别接受摇滚乐和古典音乐洗礼的阿龙和阿

麦就产生了分歧。阿麦对摇滚乐，尤其是加入方言和民族器乐的摇滚乐并不感冒，阿龙只有赔笑留住阿麦，并不断播放摇滚乐给阿麦洗脑。“半年后，阿麦就能融入我们了，大家渐渐形成默契，”阿龙骄傲地说，“走起来了。”

2

创作是抵抗庸常生活的唯一出口

在连平，别说 live house，连带一个小舞台的酒吧都没有，几乎没有演出的机会。很多时候，乐队只能参加小型的下乡汇演。在当地临时搭建的小舞台上，台下的村民们看他们的演出，就像看民歌、广场舞一样，没有太大反应，看完后面无表情地鼓个掌……

起初阿麦和里哥只把乐队当作一个爱好，只有阿龙把它视为大学未竟事业的延续。大家排练状态松散，也没有投入足够多的精力，他们的排练在连平的一个仓库中进行，没有专业的设备和监听，还经常凑不齐人，时间也不确定，往往练不到半个小时就草草收场，倒是排练之余，他们一起喝茶、散步、看电影、打乒乓球……抱团取暖的生活，让他们觉得兄弟几个人在一起并不孤单。其他人默认了日子可能就是这么平凡，只有阿龙为此着急上火——做乐队这件事，是心气高傲的阿龙抵抗小城日渐庸常的生活的唯一出口，是为自己没留在“哮喘的都市”而回到山寮找到的一个正当借口。

“我骑着风神 125，辞别这个哮喘的都市。菜鸟仔、目镜仔、鸡屎宏，我真的很不好意思。”这是台湾客家美浓镇土生土长的交工乐队作品《风神 125》的歌词，这首歌阿龙不知道听了多少次，又为之哭了多少次。阿龙、阿麦，还有万里都是客家人，他们把用客家八音作为演唱基础的交工乐队和主唱林生祥视为“客家人的骄傲”。林生祥年轻时就读淡水大学，喜欢罗大佑和崔健。大学毕业后，他回到家乡美浓。他与作词人钟永丰以及后来的乐队一直以客家语创作，得到过多次金曲奖。他的作品从《菊花夜行军》《种树》到《我庄》等，全是在土地、村庄、现代环境与传统民俗之间激荡与碰撞的产物。在深圳做美术设计时，阿龙常常加班到深夜，一边画图，一边听歌，《菊花夜行军》是他常听的专辑。读书的时候阿龙对这张专辑中“阿成”生活失意不顺，从城市返回田园的故事没有切身的体会，此刻再听却触景生情，“我们都像阿成，一开始觉得自己日后肯定是个大人物，结果头破血流，屁颠屁颠回家才是宿命”。

回到连平，阿龙的脑海中时常萦绕着三个字——“不得志”，所以阿龙不能容忍大家对待乐队的态度是如此稀松拖沓，就像他们对待自己的日常生活，那样下去，一切“理想的东西”就都完了。

“我们都像阿成，虽然在小地方，但总想证明自己也是有能力的，平时在工作中也会想证明自己的业务能力，参加各种技能大赛——别人的认可才是自己前进的最大动力。”为了多一些演出机会，让大家提起排练的兴趣，把做乐队真正当回事儿，阿龙主动联系演出，联系比赛。阿龙的逻辑是这样的——“有了演出，大家对排练才会积极认真对待”。

也就是这一期间，为了方便联络，也为以后的发展开个好头，乐队起名为“九连真人”。阿龙解释乐队的名字：“我们这里是九连山的余脉，九连山滋养着在连平生活的人们，而我们就是这些真实生活着的人群中的一员。”阿龙还补充道，本地的矿泉水叫“九连山泉”，是因为九连山的泉水水质干净，他希望九连真人的音乐和家乡泉水一样干干净净。

不同于大学时期以普通话创作为主，阿龙选择以客家话为主的创作和演绎方式。除了受到交工乐队和林生祥的影响，阿龙回忆在成都读书期间，看到很多说唱歌手都是用川渝方言进行创作和表演。从他们身上，阿龙感受到了歌手可以通过方言展现对自己地方身份的认同和骄傲。像生活在巴蜀的那些说唱歌手使用川渝方言唱歌一样，九连真人几个乐手都生活在客家方言区，歌中的故事及呐喊全部都建立在这真实的生活之上，最后选择客家话也属必然。

2018 年 6 月，在深圳的 B10 为正在做巡回演出的海朋森乐队暖场助阵是阿龙联系到的第一场演出，200 多人的现场，九连真人一口气唱了《夜游神》《落水天》等四首歌，“可能观众都是冲着海朋森来的吧，我们一开唱，观众都蒙了，”回忆第一次正式面对摇滚乐迷的演出，阿龙仍然欣喜不已，“可能是方言的问题，大家刚开始听不懂，到最后一首歌才跟着我们蹦起来——第一次嘛，我们演得很开心。”

随后的 7 月，阿龙看到滚石原创乐队大赛的消息，他毫不犹豫地替九连真人报了名。“当时只是想给大家一个练习的动力，如果没有外部压力，可能会一直懈怠下去。我希望能在比赛刺激下做出点儿像样的东西。”为了参加比赛，阿龙每天下班回家后熬夜写歌，最终拿出了《夜游神》《莫欺少年穷》这样的成熟作品。令所有人意想不到的是，凭借这两首歌，乐队拿到了当季滚石原创乐队大赛的冠军。领奖台上，在阿麦和里哥的心里，一些变化正在萌芽。

“就从那时起，夺了冠之后，大家的心好像就系得比较紧了。慢慢地，我们有一种想法，我们要成为‘十八线艺人’了，我们要出人头地，我们要出去挣钱。”阿麦回忆比赛夺冠带给自己的心理变化，“排练也不会迟到，中间也不会开小差玩儿游戏了。”

比起乐队心态的转变，更让九连真人意想不到的是接踵而来的机遇。因为这场比赛垂青到这支年轻的乐队，包括宋佳和黄燎原在内，好几家音乐厂牌向九连真人抛出了签约的橄榄枝。考虑之后，九连真人选择了带过后海大鲨鱼的宋佳和其背后的黄燎原，而黄燎原曾经是唐朝乐队、何勇、二手玫瑰的经纪人。“我们一开始也比较不出好坏，也不懂行内规矩，但宋佳和黄燎原给我们耐心讲解了行业里包括版权、经纪、运营等很多知识，我们考虑之后选择了他们。”

3

野心和梦想之后，守住自己

“小时候看法国文学，像巴尔扎克、司汤达那个年代的作家，基本上都在作品中描述过一种形象，一个外省青年来到巴黎，怀揣着巨大的野心和梦想，渴望到一个更大的舞台展现自己的才华。”黄燎原形容，九连真人就是这样的。他还说：“九连真人的音乐富于文学性也富于情感，富于地域性又很辽阔，更富于故事性和音乐性。其作风激越，乐风明亮，大开大阖，光明疏朗，居山中而瞰天下，歌曲能够抚触灵魂。”

“做音乐一直有一种盲目的自信，觉得自己肯定是最牛的，在河源这个地方自己是最厉害的。我从来不觉得自己的乐队比别人差，那阵子就觉得自己一定要冲出去。”怀揣着这样的野心和梦想，2019 年九连真人凭着三天录制出来的 6 首小样，站上了《乐队的夏天》的舞台，与之同台的有面孔、痛仰、新裤子、海龟先生、刺猬等成名已久、乐迷耳熟能详的摇滚乐队。

站上第一现场的舞台，头顶上是 100 多盏各式的舞台效果灯，音响师、影像设计师、道具师、秀导和节目组的工作人员在舞台背后窸窣来往，整个阵仗让九连真人紧张而畏怯，“从没见过那么大的舞台”。

演出结束，撤场的时候，阿龙、阿麦和万里三人肩搭着肩，互相扶持着走下舞台，“像是力气全部用完的感觉”。

生猛、炸裂的曲风让这几个朴素少年获得了无数的欢呼和掌声。与那些成立多年的乐队相比，九连真人身上有着无法被归类的鲜活和热血。最后乐队一路冲到决赛，取得第六名的成绩，不仅赢得了所有比赛对手的欣赏和尊重，面孔、反光镜、痛仰、盘尼西林、Click#15 等乐队更是表达了对九连真人音乐的赞赏。

“已经算是超常发挥了。”阿龙掩饰着遗憾。如果在一开始就被淘汰，也许也没有人会觉得有什么不正常，但经历了过关斩将，最后没有冲进 2019 年《乐队的夏天》的前五，失落在所难免。

回到家里，父母亲戚们嘴上不说，但对待他们的态度，潜移默化地发生了转变。当被问到参加《乐队的夏天》前后，大家的生活有没有什么变化，万里说：“去玩儿乐队的时候，家里的长辈没那么多牢骚了。”

37 岁的万里如今是一个孩子的父亲，这么多年万里换过很多份工作，开过琴行、卖过手机、帮朋友打理过电影院，出去闯荡，最后因为父亲生病回归连平。他贷款30万买下舞台设备和音响乐器，开始做舞台设备租赁，父亲知道了，说他“你是发烧了”。曾经和他一起玩儿过音乐的很多朋友都已经放弃了音乐，只有万里还坚持着，《乐队的夏天》播出后，孩子在电视上认出了爸爸，父亲也在电视中认出了儿子，这一次，还在吸氧的父亲舒展了眉头，展露笑颜。

阿麦说自己变成了学生们的榜样和偶像，学生们围着他们要合影和签名。“各种各样的笔记本和作业本，都拿来找我签名，一节课都签不完。”阿麦笑说，“一下子变成公众人物了，平时得约束好自己的言行举止，特别是我的身份又是教师，更应该为人师表，言传身教，学生把自己当成榜样，更应该要好好表现。”

至于阿龙，他觉得多了很多压力，私底下喜欢说唱的阿龙在大学时就知道GAI，他说九连真人想表达的东西与GAI成名之前的作品在某种维度上很相似，都是世俗意义上的“不得志”，是对走出去和获得成功的渴望。但获得《中国有嘻哈》的冠军后，很多人觉得GAI的作品为了迎合听众的喜好，在自我表达上有所削减。“以前我不理解他，但现在我明白了，他有一个家要养，有一整个团队在，他做的一切都得考虑到所有人。”作为乐队词曲创作的核心，阿龙在作品创作的选择上承受了乐队其他人不能担负的压力。

“以前不怎么联系的朋友现在也会来找我聊几句。那种压力太难受了。”阿龙诉苦。

做决定总是艰难的，黄燎原给了九连真人一个建议：“现在你们做任何决定都是对的，别人的任何干涉都是错的，要守住你们自己。”

“不管大家理解不理解，往后还是只写个人感兴趣的内容。”

阿龙说。而作为唯一一个不属于连平的乐队成员，鼓手吹米（李磊）也同意乐队创作的独立，“想想我们想写什么歌，不要只把注意力放在观众想听什么歌上”。

在这支乐队中，现任鼓手吹米是一个别致的存在。他作为2018年滚石原创乐队大赛的项目总监，在九连真人用卡带机翻制的小样的粗糙质感中听出了与众不同的特质，决定给这样一个“不专业”的乐队一个机会。吹米说，当他打电话通知他们通过了海选可以来参赛时，阿龙下意识地问了一句：“你不是骗子吧？”到2019年，九连真人原鼓手因故退出后，吹米以合作鼓手的身份火线救场《乐队的夏天》，一路陪伴至今。吹米说自己默默无闻的付出是因为认同，“滚石原创乐队大赛上，所有乐队的对接都是我负责的，全程下来我对九连的音乐非常了解，我一直在关注他们。‘乐夏’之前，阿龙找我商量能不能帮他们打鼓，

摄影 © 周晨

我想都没想就答应了，因为我知道这种付出是有价值的。然后一路走下来，大家也越来越默契”。

从非职业化的乐队到登陆“乐夏”，吹米的加入使许多新生乐队会面对的难题都迎刃而解——从排练、监听耳机的使用，与调音师的沟通，到舞台音响设备的使用对接，以及乐队专辑录音、混音制作的统筹等，这无一不受惠于吹米丰富的行业经验。“我们没有过进棚录音的经验，吹米这方面的经验就很足，他的加入让我们录音的时候踏实了许多，不怵了。而且他很熟悉九连真人想表达的东西，所以录音的时候会帮我们挑选最适合我们表达的录音方式。”

当我让阿龙、阿麦和万里用关键词评价他们的这位外援时，“认真”“稳妥”“稳如泰山”“逻辑缜密”“有耐心”是他们反复提到的形容词。

4

从平安到搏命

事实上，客家人历史上命途多舛，遍历战火屡次南迁，如今散布在赣、闽、粤为主的一些地区，他们的传统建筑，无论是赣南的围屋，还是闽南的土楼，无不是客家人这一命运的具体体现——民居在满足居住的前提下，最重要的功能是进行防御和抵抗作战，这也使得客家人不像传统意义上的南方人那样追求冒险、搏命，甚至愿意远渡重洋去换财，客家人心底更希望“稳定”“平安”。

“他们说得也没错，稳定是这一生最好的选择，但是我想拼搏，我想挣大钱，谁不想呢？”阿麦的外公一生艰辛，他最大的愿望就是外孙安分守己，平凡度过一生，但攫取名利的机会出现的时候，年轻一代的客家人更想去搏一把。

这些与父辈传统观念上的落差在返乡后被放大，而返乡本身在这个时代又是一个非常具有张力的社会话题，所有这一切正是九连真人创作灵感的来源。“我们和身边的朋友，大多受过高等教育，但回到连平还是习惯听从家长的安排，最后结果不如意，我们又会责怪父母，像是长不大的巨婴，这样的例子太多了。”阿龙把这些矛盾称为“新旧思想碰撞出来的火花，复杂又迷人”。而这些火花，最终淬炼出他们歌中的“阿民”，“‘阿民’可以是我们每一个人，把这种生活感受记录下来，算是我们这一代生活的部分片段的映射”。

“相信听这些歌的人之中会有人产生共鸣和感慨，会引发一些思考，这可能就是这些歌创作出来的部分意义吧。”阿龙说。

“九连真人的脱颖而出是必然的”，经纪人宋佳最开始就这么判断。阿龙清晰地知晓，创作型乐队的出路还是在作品本身，眼下的名利既是机会，也是挑战，不被热度影响创作，持续产出才是对各界关注的最好回馈。“所有的名与利皆因为你做了什么。名与利不过是别人给的，但做事，定会翻身。”

摄影 © 周晨

“所有的名与利皆因为你
名与利不过是别人给的
但做事，定会翻身。

摄影 © 周晨

十么。”

——九连真人

后记　二楼的乐评人

2020 年春天，作为乐评人，我受邀参加了《乐队的夏天》第二季的录制，成了一名坐在二楼的“专业乐迷”。

当领到“乐评人 郭小寒”的标牌时，我心里还是感慨了一下：大学时期我学的是新闻专业，那时候正处在青春叛逆期，爱听打口带，听得多了，就给《通俗歌曲》杂志投稿。同时，我也通过阅读杂志上的乐评文章，找到更多的音乐资讯，听更多的音乐，认识更多的朋友……那时，别人说我是“80 后”最年轻的女乐评人，如今也过去了十几年。这十几年来，我做音乐记者、演出经纪、唱片企划，也经营音乐公司、演出空间……几乎做遍了和独立音乐相关的各个行业和门类……一转眼，现在坐上二楼，又变成了“乐评人”。

当年，乐评人的文章是带领我走入音乐领域的一把钥匙；今天，我也很荣幸还是可以拿着乐评人的标牌在看台上和所有乐迷一起看“乐夏”。

《乐队的夏天》节目现场那些顶级的灯光舞美、音响配置都是以前在 live house，甚至一般的音乐节上都不能比拟的。在现场做观众，给我的感受就像倒放了一场电影，与这些乐队一起成长的时光又清清楚楚地回来了。

音乐，不仅仅是一段旋律，几句歌词，也是一小段被封存的时光，这其中包含着所有的感官体验。在合适的场域里，会在你人生的某个特定的时刻被播放出来。那些有音乐相伴的时光，是我最充实的时光。摇滚乐带给我的永远是觉醒和力量，以及一直会坚守的痴迷与热爱。

当然，节目有节目的规则和赛制，赛场上的激烈竞争、乐队的精彩表演，以及不同身份的人之间的交流和对话，都会让我反省什么才是“乐评人”，这个身份的功能和意义到底是什么。

海涅说：“语言的尽头，才是音乐的开始。”在我看来，那些音乐人凭着天赋的才华、敏锐的感知，精准地表达人性复杂、恍惚、不确定的地方，在虚空中种下种子，开出花来，才正是音乐的精妙所在。

我一直认为，乐评人要做的，正是成为连接音乐人与乐迷之间的桥梁和纽带，让好的音乐可以与更多对的人发生共鸣。我用了很长时间去梳理乐队的发展历程，作品与时代、社会氛围的相互投射，去回忆那些精彩的演出场景，以及在我们脑海深处一直有着光芒的珍贵记忆。我阐述这些我喜欢过的乐队和他们的故事，而不只是描述纯粹的音乐风格、技术，或者流派……因为这里面也有我自己成长的故事。我不仅仅是一个旁观者或访问者，而是和他们共同经历的参与者。一定意义上，我是在用“写作”玩儿摇滚，投入属于自己的摇滚人生。

去年，新裤子说音乐最珍贵的部分是关于情感，痛仰唱了《愿爱无忧》。这本书里讲述的乐队，不是简单按比赛排名去罗列的，而是在我成长过程中，影响和感动过我，给过我启示和力量的乐队。我们共同成长，感受着时代的变化，以及人生的改变，在河流一样的生活里偶尔汇聚，产生交集，互相照亮。

我们也不仅仅是在这个夏天，看看谁更高、更快、更强，而是期待多年以后，当我们在城市里受伤、孤独，几乎无力的时候，可以靠想象力、创造力找到伙伴，找到盟友，可以坦然面对伤感，也可以在面对复杂世界时，依然守护着儿童般的天真和无惧。

希望当你在成人的世界里依然找不到方向，强撑着，羞于表达自己的虚弱和孤单时，有人能坐在你身旁，唱“你要如何，我们就如何”（康姆士《你要如何，我们就如何》）。希望即便你在荒漠里，没了食物和水，也会依然封存着那些“秘密的爱”。真正的爱人不会消失，她永远在你身旁。甚至在每一个晴好或下雨的日子，哪怕孤孤单单的一个人，也会想到，还有一个“南方”。